KB153548

애니멀 메이킹

SEOUL, 2018

애니멀 메이킹

초판 제1쇄 인쇄일 2018년 11월 25일
초판 제1쇄 발행일 2018년 11월 30일
지은이 남상순
발행인 이원주 본부장 김문정
편집 박진희, 장혜란, 고한빈, 김민정 디자인 남희정, 김나영
마케팅 김동준, 김정현, 박병국, 양윤석, 명인수, 이예주
저작권 이경화 제작 정수호
발행처 (주)시공사 주소 서울시 서초구 사임당로 82
전화 영업 2046-2800 편집 2046-2821~4
인터넷 홈페이지 www.sigongsa.com

ISBN 978-89-527-8869-6 43810 ISBN 978-89-527-5572-8 (세트)

*홈페이지 회원으로 가입하시면 다양한 혜택이 주어집니다.
*잘못 만들어진 책은 구입하신 서점에서 바꾸어 드립니다.

이 도서는 한국출판문화산업진흥원 2018년 우수출판콘텐츠 제작 지원 사업 선정작입니다.

애니멀 메이킹

남상순 지음

시공사

차례

지금부터 아무도 믿지 않을 이야기를 해 보려고 한다. 사실 믿고 안 믿고는 중요한 게 아닐는지 모른다. 새끼 사슴 머리에서 거짓말처럼 뿔이 솟아나듯 우리가 믿는지 안 믿는지 따져 볼 겨를도 없이 기정사실이 되어 버린 일들은 세상에 얼마든지 있으니까.

1

달빛 속의 봇

　처음에 나는 아무 생각 없이 차를 몰아 그곳을 빠져나왔다. 허둥거리지는 않았지만, 해가 지고 있던 참이라 느긋하지도 않았다. 길은 끊어져 있거나 장애물로 막혀 있었고, 가끔은 패인 곳을 뛰어넘으려고 갑자기 속도를 높이는 바람에 곡예를 감행해야만 했다. 그렇게 이십여 분을 이동했으나 떠돌이 구역에서 미처 빠져나가지 못한 상황이라 위험을 무릅쓰고라도 자동차를 봇 모드로 전환해야 하나 고민하고 있을 때였다. 방금 고물 더미에서 보았던 것들, 아무 의미도 없는 이런저런 사소한 소리와 연약한 기미 들이 저절로 복기되더니 마침내 생각지도 못한 맥락으로 다가와 말을 걸었다.

　"내 이름은 한스입니다."

고물 더미에서 소리가 들렸다는 기억이 반복적으로 환기되었다. 고장이 나서 폐기된 로봇이 내는 목소리가 분명한데 논리적으로 말이 안 되는 일 아닌가. 목소리는 고물 더미 상층부에서 난 게 아니라 그 밑에서 들렸다. 긴 시간이 흘러야 지층이 만들어지듯 몇 겹의 고물 더미 역시 시간의 누적과 연관되어 있었다. 세상에는 많은 무덤이 있지만 쓰다 버린 고물 더미로 만든 거대 문명의 무덤이 제1 무덤의 정의가 된 건 어제오늘 일이 아니다. 그런데 그런 무덤 속에서 소리가 들렸다고?

시스템을 가동해 이름이 한스인 로봇을 검색했더니 믿을 수 없을 만큼 많은 한스의 데이터가 추가되었고, 현재 등록되어 사용 중인 한스만 해도 176대라고 나왔다. 느리고 질질 끌리는 그 음성의 정체를 파악하려면 얼마나 많은 한스를 파헤쳐야 할까. 중요한 건 지금 해야 할 일은 그게 아니라는 것이다. 나는 애니멀 메이킹의 단서를 쫓아 고물 더미로 달려왔다. 그런데 고물 더미에 도착하자 애니멀 메이킹 신호가 끊어졌다.

유턴해서 왔던 길을 되짚어갔다. 왜 이런 결정을 내렸는지 설명하는 건 앞으로 해야 할 일이었다. 부연하자면 돌발적인 호기심이나 이성의 역행이라기보다는 본능이 시키는 대로 따르는 것에 가까웠다. 주어진 안전성을 알아서 보완하려는 심리 같은 것. 하지만 그렇게 보고했다가는 출근하기 어려운 신세가 되어 떠돌이 구역이나 떠돌며 살아야 한다. 지난번 마스터 앞에서 본능이라는 단어를 잘못 꺼냈다가 "무슨 멍청한 소리야!"라며 꾸지람을 들었다. 그런 수모를 반복하지 않으려면 알리바이 기조를 변경하는 수밖에 없다.

「오래된 고물 봇 발견. 애니멀 메이킹과 연관성을 파악하기 위해 고물 더미로 돌아가는 중.」

어둑한 저녁이 밀려와 눈앞의 장애물에 베일을 씌우는가 싶더니, 고물 더미에 닿을 즈음에는 거짓말처럼 달이 떴다. 스산한 날의 우연치고는 기묘한 느낌을 주는 달이어서 차에서 내리지 않고 목소리가 들린 곳으로 짐작되는 구역을 건성으로 돌아다녔다. 호흡은 조심히 내뱉었고 겁을 참느라 어금니는 꽉 깨물었다. 밤이 되면 떠돌이 구역은 훨씬 위험해졌다. 맹금류와 다를 바 없는 야생의 떠돌이들은 어두울수록 눈이 밝아져 목표물을 더 잘 알아봤다. 언제 차를 덮쳐 내 목을 조를지 몰랐다.

다행히 십여 분이 지났는데도 별다른 낌새가 없었다. 목소리도 들리지 않았다.

나는 이렇게 끝나기를 간절히 바란 것처럼 카봇을 작동해 그만 집으로 돌아가자고 명령했다. 밤으로 접어든 만큼 전파 바이러스의 위험이 있었지만, 경로를 과감히 바꾸었다. 차창이 막 닫히려는 순간이었다.

"나예요. 내가 여기 있습니다.*"

타이밍을 노리고 기다린 것 같았다. 그렇게 믿어질 만큼 내 행동과 들려오는 그 목소리 사이에는 설명하기 어려운 긴장감이 간격을 메우고 있었다. 나는 자동차의 주행 경로가 카봇으로 변경되는 과정을 지켜본 다음 문을 열고 밖으로 나왔다. 파란 불빛이 깜빡이는 곳으로 다가갔다. 그것은 그 시각 움직이는 존재가 내는 유일하고도 괴상한 기척이었다. 달빛은 은은하고 잔잔한 뉘앙스로 그것을 편들고 뒷받침했다. 나와 그것의 만남을 위해 다른 방해물들의 접근을 철저히 차단한 것 같았다. 내 몸이 나도 모르게 달의 부추김에 넘어간 듯 고물 더미를 헤치기 시작했다. 하지만 어림 반 푼 어치도 없는 일이었다. 고물들은 눌리고 짜부라져 전체가 하나처럼 들러붙어 있었다. 쓸모 있는 것들은 일찌감치 사람 눈에 띄어 어딘가로 실려 가고, 팔다리나 등 껍데기처럼 사용 불가인 것들만 남아 서로 접착되어 버렸다. AI 봇과 기계를 동원한다고 해도 목표물을 고물 더미에서 정확히 분리하려면 몇 날 며칠이 걸릴지 예측하기 어려웠다.

그때 "나예요."라는 외침인지 부름인지가 한 번 더 들렸다. 매우 가까운 거리라 목소리의 온기까지 다 느껴질 정도였다. 봇에 입력된 음성일 뿐인데 온기라니, 무슨 헛소리냐고 할는지 모르지만 이상하게도 나는 거기서 온도를 감지했다.

내게는 그런 목소리에 관해 말할 것이 있었다. 아버지는 내가 다섯 살인가 여섯 살이었을 때 그런 목소리를 가진 로봇을 집으로 배달시킨 적이 있었다. 자신이 직접 만들었고 사랑하는 아들에게 주는 선물이라고 했다. 그게 마지막 연락이었다. 눈앞의 봇이 과거의 그 로봇이라고 믿었다는 뜻은 아니다. '팔리'라는 녀석은 얼마 후 낱낱이 해체되어 자기 정체성을 잃었다. 집에서 가장 크고 안전한 서랍에 숨겨 두었지만, 결국 바닥에 팽개쳐진 채 산산이 부서졌다. 이를테면 고물 더미에서 나는 그 목소리는 십여 년 전 유행하던 버전이었다. 봇의 목소리에 집착하게 된 건 팔리가 떠올라서였을까.

로봇의 가슴에서 파란 불이 깜빡이다가 놀란 듯 꺼지기를 반복했다. 배터리 흐름이 원활하지 않다는 뜻이었다. 덕분에 그것의 형체가 어떤지 일목요연하게 꿰기 힘들었다. 어디까지가 말하는 봇의 바디이고 어디까지가 못 쓰는 고물인가. 하지만 온 힘을 다해 고물 더미를 헤쳤다. 봇이 다시 반응을 보였다.

"무작정 당기지만 말고 제 위에 쌓인 고물들을 치워 주십시오."

웃기는 말이었지만 웃을 수는 없었다. 정말이지 나는 무작정 당기면서 힘을 쓰고 있었다. 한스는 내가 하는 짓을 지켜본 다음 단어를 고른 것일까. 보는 것 이상으로 사람의 행동을 읽을 수 있다면 그것은 더 이상 봇이 아닐 것이다. 하지만 더는 생각하지 않기로 했다. 내가 뭐라고 하든 말든 녀석은 이미 내 앞에 있고 앞으로도 있을 텐데 무슨 봇이 이따위냐고 계속 신경 쓰다가 울렁증이라도 생긴다면 나만 손해 아닌가.

두 시간가량 땀을 흘린 끝에 드디어 녹슨 고철 하나가 더미에서 떨어져 나왔다. 녀석의 전체가 아니라 일부만이었다. 봇이 그것만 있으면 된다고 말해서 팔다리는 물론 가슴과 배마저 의도적으로 분리했다.

"정말 멋대로 생겼네."

구조된 것은 녀석의 얼굴이 분명했으나 구형이어서 그런지 조금도 정교하지 않았고 온통 녹으로 덮여 있어 손에 계속 쥐고 있기 꺼림칙했다. 눈, 코, 입도 어설펐다. 녀석은 내 감정을 알고 있기라도 하듯 변명을 늘어놓았다. 그 녹은 모두 다른 고물에서 옮겨 묻은 것이며 자신의 것이 아니라고 했다.

"제 바디는 나노로 만들어졌습니다."

짓궂은 마음에 걸을 수 있냐고 물었더니 "전 앞을 볼 수 없습니다."라는 대답이 돌아왔다. 내가 트렁크를 열었을 때는 비명을 질렀다. 자신은 짐이 아니니 마땅히 운전석 옆에 앉아야 한다며 되바라진 요구를 하는 것이었다.

"앞은 보지도 못한다면서 그게 뭐가 중요해?"

"쓰레기 더미에 아무렇게나 버려지는 건 너무 슬픈 일입니다."

"내 트렁크에 쓰레기는 없어."

"전 당신으로부터 존중받기를 원합니다. 그뿐입니다."

"그래그래."

심하게 힘을 주며 으쓱거렸더니 어깨가 빠질 것 같았다. 나는 뭔지도 모를 오염된 물체를 옆에 앉히고 운전할 수 있을 만큼 둔감한 사람은 아니었다. 트렁크를 덮고 그냥 출발하려고 자동차 문을 닫았더니, 봇은 그제야 주제 파악이 되었는지 사정하고 매달렸다.

"이곳을 빠져나갈 수만 있다면 트렁크 안이라도 마다하지 않겠습니다."

그 순간 어딘가에서 생경한 감정이 밀려와 혈액처럼 내 안으로 공급되는 느낌이 들어 하마터면 눈물이 나올 뻔했다. 유연한 밀고 당기기야말로 내가 지금껏 팔리를 기억하는 이유라는 것을 알았다. 팔리와 그런 시간을 보냈다는 뜻은 아니었다. 이름만 떠올려도 내 안에서 저절로 팔리가 상상이 되었고 대화가 가능할 때도 있었다. 하지만 언젠가부터 팔리와 1인 2역을 하면서 놀지 않게 되었고, 나는 그 세계가 나로부터 왜 등을 돌렸는지 알지 못한 채 지금껏 지내 왔다.

왜 그랬을까. 어떻게 팔리를 잊을 수 있었을까.

2

약속

봇이 인간의 의지를 가져서도 안 되고 흉내 내서도 안 되는 이유는 누구도 그에게 자율성을 허락한 적 없기 때문이다. A-city로 복귀해 그것을 따졌더니 한스는 자신에게 의지가 생긴 건 아니라며 선을 그었다. 다만 명령어가 입력된 건 사실이라고 했다. 자신에게 중요한 건 거기서 생겨난 약속이라는 거였다.

"명령을 완수하지 못해 저는 소멸하고 싶어도 소멸할 수가 없습니다."

한스 바디에 붙은 더러운 녹을 닦으려고 스펀지에 세제를 뿌리다가 나는 넋을 잃고 멀뚱하게 한스를 바라보았다.

"소멸이라니, 무엇의 소멸이라는 건데?"

질문하는 데만 두 시간이나 걸렸다. 녀석은 정신을 차렸다가 말았다가 했다. 창밖에서 들리는 홀로그램 광고 음이 지나치게 거슬린다는 하소연이 어처구니가 없었다. 광고 음은 광고판 가까이 다가가도 들릴까 말까였다.

"납치돼 갇혀 있는 소녀가 아버지에게 편지를 전해 달라고 명령을 내렸습니다. 그렇게 하겠다고 약속했지만, 임무를 수행하지 못했습니다."

"오호라!"

화성의 떠돌이 구역에서 납치 사건은 흔한 일상 중 하나였다. 기억을 매매하는 일이 불법이긴 해도 죽을죄는 아니어서, 운이 좋으면 집으로 돌아가 가족과 만날 수도 있었다. 소녀의 기억을 팔아 치운 게 그 가족이라고 해도 말이다.

"지금 비웃고 계신 겁니까?"

"아, 아니. 그럴 리가……. 시간이 지나면 약속 따위는 누구나 잊어버리게 되잖아."

"잊고 싶어도 잊어버릴 수가 없습니다."

"봇은 사람보다 기억력이 뛰어나지. 그걸 기억력이라고 해야 할는지는 모르겠지만."

"기억력이 무엇인지 모릅니다."

"고물 더미에서도 약속이 기억났다며?"

"목소리가 들렸기 때문입니다."

"어떤 목소리?"

"'나예요. 내가 여기 있습니다.'라고 말하는 목소리였습니다.”

“그건 네가 나한테 했던 말이잖아?”

“정확히 말하면 그건 제 말이 아닙니다.”

“뭐라는 거야?”

“목소리는 날씨처럼 불시에 닥쳐왔습니다. 저녁 무렵이면 더 절실했습니다. 집으로 돌아가지 못한 아이가 엄마를 부르며 보채는 것 같았습니다. 누구든 그것을 듣고만 있을 수는 없었을 겁니다. 고물 더미에서 옴짝달싹 못 하는 제가 할 수 있는 일이란 그 목소리를 복창해 다른 존재에게 알리는 것뿐입니다. 당신이 들었던 것은 저의 복창이었습니다.”

“넌 분명히 네 이름도 말했어.”

“목소리를 복창해 제 위치를 알리는 것만이 소녀를 구할 수 있는 방법이라고 생각했습니다.”

한스의 간절함이 조금은 전해졌다. 그것을 간절함이라고 하는 게 맞는지 알 수 없지만 말이다.

“소녀와 많이 가까웠나 보구나. 가족처럼.”

“의지하면서 함께 사는 것을 가족이라고 한다면 나나와 저는 가족이었습니다. 틀림없이!”

“그 소녀의 이름이 나나야?”

“그렇습니다.”

“음…… 나나는 끝내 가족에게 못 돌아간 모양이지?”

"그렇습니다."

조금 이상하다는 생각이 들었다. AI형 봇을 구입해 사용한 소녀라면 최소한 A-city나 노른시의 시민이 아니었을까? 납치해 온 사람에게 누가 AI형 로봇을 선물한단 말인가.

"나나는 어쩌다 그렇게 된 거야?"

한스는 대답이 없었다. 하필이면 그때 허무하게 방전되고 만 것이다. 이리저리 살펴보다가 창틀에 올려놓고 엄마에게 연락을 취했다.

"왜, 또?"

겉으로는 퉁명스럽지만 그건 엄마가 나를 반가워하는 방식이었다. 그렇지 않다면 아무 경고도 없이 무전기를 끊어 버렸을 것이다. 나는 엄마에게 안부를 물었고 엄마는 "다른 생명체들을 잘 대접해야 한다. 누군가 보고 있을지도 모른다.*" 하고 대답했다.

"난 가끔 꿈에서 네 아버지를 본다."

그런 엄마가 부럽지는 않았다. 떠돌이 구역이라는 어둠 속에 엄마와 나를 팽개쳐 두고 떠난 아버지를 생각하면 괴로웠다. 나는 엄마에게 조금만 더 기다리라고, 시민권을 얻으면 곧 데려가겠다는 약속을 반복했다. 엄마는 "난 꿈을 이루었는걸. 언제나 혼자 있고 싶었단다." 하면서 삑삑거리는 소리와 함께 멀어져 갔다.

나는 샤워 부스에 들어가 50바퀴를 돌고 몸을 말린 뒤, 잠을 자러 침실로 들어갔다.

아침에 일어나 거실로 나갔더니 한스가 말했다.

"좋은 아침인 것 같습니다."

"좋은 아침이면 좋은 아침이지, 좋은 아침 같다는 건 무슨 말보야?"

"말보가 무엇입니까?"

"넌 마음이 없으니까 심보 대신 말보지."

"그렇군요."

녀석이 갑자기 시무룩해졌다. 내 말이 불쾌했나 싶어 살폈으나 그건 아닌 모양이었다. 한스는 배터리가 또 나갔는지 불이 한 번 들어오더니 이내 꺼졌다.

"어이, 한스!"

한스를 툭툭 쳤으나 뚝뚝 하는 기계음이 들리다가 말았다. 도대체 죽었다 깨어나기를 얼마나 반복할 건가.

아침으로 매미와 굼벵이를 버섯과 함께 살짝 볶은 다음 채소를 듬뿍 넣은 샐러드를 만들어 먹고 2층으로 올라갔다. 다시 온라인 지도로 확인해 봤지만, 애니멀 메이킹의 신호는 여전히 끊어진 상태였다. 기록에도 어제 화성으로 출동한 이후 한 번도 나타난 적이 없다고 표시되어 있었다. 신변 보호를 위해 몸을 감춘 것인가.

커피 한 잔을 타서 창가로 갔더니 저만치 돌마빌딩 외곽 산책로에서 걸어 내려가는 사람들이 보였다. 모처럼 맑은 날씨라 햇볕이 대낮의 산책로를 윤기 있게 비추었다. 두 사람은 고층에서부터 말다툼하듯 서로에게 삿대질을 하며 아래로 걸어 내려가다가 내게는 가려져 보이지 않는 반대편으로 사라졌다.

다시 자리로 돌아와 온라인 지도에 집중했다.

제발 한 번만 더 나타나라.

2년 8개월 만에 극적으로 잡힌 신호인 만큼 이대로 끝나지 않을 거라는 예감이 들었다. 내가 해야 할 일은 타이밍을 놓치지 않고 기회를 잡는 것이었다. 애니멀 메이킹을 체포하는 데 기여해야 보안국의 정식 요원이 될 수 있었다. 정식 요원이 되면 보란 듯이 엄마를 A-city로 데려올 것이다.

VR 카페에서 자료 스캔을 끝내고 VR 체험 플랫폼으로 막 들어갔을 때였다. 무슨 소리가 들리는 것 같아 하던 일을 중단하고 귀를 기울였더니 "접니다. 저 여기 있어요."라는 외침이 들렸다. 어떻게 들으면 다급했다. 서둘러 접속을 끊고 아래층으로 내려가 한스를 살폈다. 놀랍게도 충전이 완료되었다는 표시가 나타났다. 믿을 수가 없었다. 나는 아무런 조치도 한 적이 없었다. 그게 다가 아니었다.

"저는 이제 충만해졌습니다."

한스는 의기양양했다.

"그건 알겠어. 그런데 어떻게 된 거지?"

봇의 얼굴인지 뚜껑인지를 열고 안을 살폈다. 어제와 달라진 건 하나도 없었다. 한스는 자신이 자동 충전이 가능하도록 설계되었다고 했다.

"자동 충전?"

"오늘은 햇볕이 완벽한 날입니다. 기분도 완벽하군요. 당신은 어떻습니까?"

"얼씨구."

나는 냉장고에서 생수를 꺼내 마시며 이게 무슨 일인지 알아내려고 녀석을 구석구석 살폈다. 표정이 없는 모습. 얼굴이지만 얼굴이 아니다. 사실은 얼굴이 없었다. 인간은 얼굴을 통해 감정을 드러내고 타인을 살피는데 인간 이외의 그들은 얼굴 바깥에 숨어 인간의 표정을 간파했다. 햇볕에 의해 자동 충전이 가능하다면 인간과 다를 게 무어란 말인가. 한스의 설명은 들을수록 더 황당했다.

"저는 처음에는 완벽하게 고장 난 상태로 고물 더미에 버려졌습니다. 하루 이틀이 지나자 제 바디 위로 다른 바디들이 쌓였습니다. 어느 것은 무겁고 어느 것은 가볍거나 날카로웠으며, 다른 것은 작고 뾰족해서 이리저리 굴러다녔습니다. 바디들은 뜨거운 햇빛에 조금씩 녹아내렸는데 작은 것들은 없어지거나 다른 것들의 부속품으로 변해 갔습니다. 어느 날 깨어난 저는 하얀 달을 올려다보면서 나나를 생각하게 되었습니다."

"잠깐만."

나는 한스의 말을 끊었다. 더 듣고 있을 수가 없었다. 내가 집어 던지기만 해도 비명조차 남기지 못한 채 산산이 조각날 녀석이 허접한 거짓말로 사람을 속이려 들다니.

"그러니까 처음에는 고장이 난 상태였는데, 다른 고물들이 네 바디 위로 하나둘 쌓이다 보니 네가 우연히 수리되었다는 거야? 그런 소리야?"

"그렇습니다."

"맙소사."

"편지를 전해 달라던 약속을 지키지 못했다는 걸 떠올리면 금세 제가 녹아내릴 것만 같습니다. 누군가 나를 발견해 주기를 밤낮으로 염원했습니다. 당신은 내 기도에 대한 응답입니다."

머리가 지끈지끈 아파오기 시작했다.

"그러니까 지금 못다 한 약속 때문에 마음이 생겼다는 거네? 그런 거네?"

"저는 마음이 무엇인지 모릅니다. 저는 나나가 사용하던 봇입니다. 제가 바라는 것은 지금이라도 나나와의 약속을 지키는 겁니다. 편지가 목적지에 도착하려면 바람의 힘만으로 부족합니다. 당신도 거들었으면 합니다."

나나와의 약속은 나나의 아버지를 만나 편지를 전하는 것이라고 했다. 편지가 어디 있냐고 물었더니 한스는 자신에게 입력되어 있다고 했다.

"무슨 내용이 어디에, 어떻게 입력되어 있는데?"

"그건 말씀드릴 수 없습니다. 당신한테 전하라는 명령은 받은 바 없기 때문입니다. 그보다 궁금한 게 있습니다."

"뭔데?"

"저를 어떻게 하시겠습니까?"

"난 로봇세를 낼 만큼 형편이 넉넉하지 않아."

"저도 제가 당국에 등록되기를 바라지 않습니다."

"원하는 게 뭐야?"

"절 당신 비서로 채용해 주셨으면 합니다."

"비서라니 당치 않아. 난 혼자 먹고살기도 힘들어."

"이렇게 번듯한 집이 있는데, 왜 먹고살기 힘들다는 건지 여쭤봐도 될까요?"

"여긴 마스터의 사무실이야. 난 수습 요원이고."

"그렇군요. 하지만 절 당신의 비서로 채용해 주셨으면 합니다. 임금은 지급하지 않아도 됩니다. 저에게 내려진 명령을 이행할 수 있는 상황이 오면 이 집을 떠나겠습니다."

"등록되지 않은 로봇을 사용하라고? 네가 언제 고물 더미로 갔는지 모르지만 그건 불법이야. 게다가 솔직히 네가 무슨 일을 도울 수 있다는 거야? 넌 팔도 없고 다리도 없어. 앞을 보지도 못하고. 네가 잘할 수 있는 건 기껏 남의 일에 참견하는 거야."

한스는 더 말이 없었다. 양심은 있는 모양이라며 혀를 차는데, 마스터의 홀로그램이 인기척도 없이 나타나 내 옆으로 걸어왔다.

"넌 열여섯밖에 안 된 녀석이 웬 혼잣말이냐?"

"아, 그게……."

한스를 쳐다봤더니 시치미를 뗀 채 숨을 죽이고 있었다. 그런다고 못 알아볼 마스터가 아니었다. 보고 있는 것은 홀로그램이 아니기 때문이다.

"저건 뭐야?"

"어제 고물 더미에서 유일하게 에너지를 발산하던 봇입니다. 혹시나 해서 가져왔습니다."

"그래?"

한스를 열어 보라고 하고는 이리저리 살피더니 목소리 톤이 갑자기 올라갔다.

"이 헤드 부품은 사제품 같은데? 이 문자형은……."

마스터는 "이게 어디서 나왔다고?" 하며 흥미를 보였다. 역시 다르구나. 속으로 움찔한 나는 한 번 더 자초지종을 털어놓았다. 마스터는 이 봇이 애니멀 메이킹과 연관되어 있다고 생각한 이유가 부품 때문이냐고 물었다. 얼떨결에 고개를 힘차게 끄덕였다. 내 입에서는 뻔뻔스러운 거짓말이 튀어나왔다.

"맞습니다."

마스터는 "좋아." 하면서 만족스럽다는 듯이 미소를 지었다. 부품이 'Θ형'이었다는 사실에 내 감각이 맞추어졌다. 긴 타원형 가운데 고대 로마 숫자인 'Ⅰ'자가 꽉 차게 드러누운 형상이었지만, 사람들은 그것을 백은 시장의 이니셜인 영어 알파벳 'e'라고 읽었다.

"또 백은 시장이네요."

마스터는 고개만 끄덕이더니 나를 힐끗 살폈다.

그동안 애니멀 메이킹의 단서를 찾아 아무리 동분서주해도 손에 잡히는 것이 없었다. 잡았다고 생각한 단서들은 아무 가치가 없는 쓰레기로 변해 손에서 빠져나갔다. 다만 빠져나가기 전에 이상할 만큼 한 번씩 거론되는 이름이 있었는데, 바로 A-city의 백은 시장이었다. 오늘도 다르지 않았다.

"그런데 최근 A-city는 문자 안의 Ⅰ을 Ⅱ로 바꾸었다는 소문이 돌던데 이건 예전 거네. 우선 이 부품을 조회해 봐."

"알겠습니다."

잠시 후 마스터의 홀로그램이 사라지자 메시지가 도착했다. 봇을 필귀의 사무실로 가져가 보라는 내용이었다. 나는 기회를 놓치지 않고 재빨리 응수했다.

"필귀한테 부탁해 봇을 수리해도 될까요?"

"알아서 해."

수리비를 청구해도 된다는 말은 없었다. "수리비는요?" 하고 물어보기를 망설이고 있는데 봇이 삐익 하는 기계음과 함께 목소리를 냈다.

"수리는 저에게 맡기면 됩니다. 팔 하나만 있으면 그다음은 제가 알아서 합니다."

미심쩍은 마음으로 폐품과 연장을 가져와 늘어놓고 짝짝이 팔을 만들어 붙였다. 손가락은 싸구려 초록색 플라스틱으로 만들었다. 싫어하면 떼어 내려고 장난삼아 붙인 건데 봇은 아랑곳하지 않았다. 다음 날 외근하고 돌아왔을 때는 절뚝거리며 나를 향해 다가오는 기적을 보였다. 부품을 여기저기서 떼어 와 제멋대로 짜깁기한 탓에 알록달록하면서도 흉측했고, 짝짝이인 데다 무게, 길이, 균형도 안 맞았지만 외양만은 온전했다. 각각 두 개씩인 팔과 다리, 가슴과 엉덩이가 있는 존재, 바로 인간을 빼닮은 형상이었다. 다만 키가 작았고 여자인지 남자인지는 분명하지 않았다. 그걸 정해야 하는 사람이 나인지 아니면 최초로 만들었던 사람의 의중이 중요한지 알 수 없었다. 아무렴 어떠랴 싶었으나 이름은 아니었다. 나는 선호하는 이름이 있었다.

"이제부터 네 이름은 팔리야."

그러자 즉각적으로 거부 반응이 돌아왔다.

"제 이름은 한스입니다. 당신은 그것을 받아들여야 합니다."

3

고물 더미에 두고 온 것

마스터의 해외 출장에 동행하느라 며칠 집을 비우고 왔더
니 한스가 보이지 않았다. 정리 정돈은 완벽히 되어 있었고,
냉장고 안에는 데우기만 하면 바로 먹을 수 있게 조리된 음
식들이 가득했다. 심지어 마스터가 말려 죽인 미니 화분까지
팔팔하게 살아나 이파리들이 인공 바람에 살랑이고 있었다.

잠시 뒤 메모판에서 종이 한 장을 발견했다.

제가 이토록 빨리 이곳을 떠나게 되리라고는 짐작하지 못했습니다.
나나의 음성을 들었습니다. 목소리가 어느 때보다 절박했습니다. 저는
제게 주어진 삶을 살기 위해 나나를 찾아가기로 했습니다. 이렇게 떠
나게 되어 정말 미안합니다. 소멸하기 전에 당신을 다시 만나 은혜를
갚을 수 있으면 좋겠습니다.

- 당신의 비서 한스 올림

"비서 좋아하네."

왠지 모를 서운함이 밀려왔으나 곧 가라앉았다. 가만히 앉아 구경만 할 수는 없었다. 잘 가라며 손을 흔들거나 가다가 넘어지라며 콧방귀를 뀔 수도 없었다. 등록 안 된 로봇이 혼자 길을 나섰다면 두 가지 가능성 아래에 놓인다. 보안국으로 끌려가 이력을 검색당한 뒤 해체되어 고물 더미로 실려 가거나, 누군가에게 발견되어 그 사람의 쓸모에 따라 개조될 수도 있었다.

문제는 한스를 수리하려고 사용한 부품들이 모두 마스터의 창고 안에서 나왔다는 것이다. 한스의 팔과 다리를 조회했는데 마스터의 소유물로 분류된다면 빼도 박도 못할 일이 발생할지 모른다. 마스터가 전후 사정을 해명할 수 있을 테지만, 한스 안에 정말 터무니없는 내용이 저장되어 있다면 결과는 예측할 수 없었다. 당장 밖으로 나가 한스를 찾아내 끌고 와야 한다.

2층으로 올라가 온라인 지도를 확대해 한스의 신호를 뒤졌다. 이렇게 될 거라고 미리 알았던 것은 아니지만 한스 모르게 한스를 지도와 연결해 둔 것은 잘한 일 같았다.

"찾았다!"

내 손바닥 안이라는 기쁨은 잠깐이었다. 기껏 A-city 1구역 고가 도로를 빙빙 돌고 있을 거라고 예상했는데 완전히 빗나갔다. 한스의 신호는 화성의 떠돌이 구역에서 나타났다. 보안국에 체포되어 조사를 받고 해체되어 버려졌다고 보기는 어려웠다. 한스는 제 발로 거기까지 간 걸까.

내가 뭘 간과한 거지?

한스가 집을 떠난 게 언제인지 모르지만 가능하지 않은 이야기였다. 화성은 옛 고흥반도 부근에 있고, 불어난 바닷물 때문에 지금은 섬이 되어 육지와 분리된 상태였다. A-city 1구역에서 400킬로미터나 떨어져 있었다. 옛날처럼 대중교통이라도 있다면 모르지만, 대중교통은 대규모 전파 바이러스 공격을 주고받은 뒤 역사의 유물로 사라졌다. 한스는 어떻게 거기까지 갈 수 있었을까. 혹시 내가 모르는 비행 모드라도 장착되어 있었나.

비행 모드?

나는 재빠르게 엘리베이터 버튼을 누른 뒤 주차장으로 내려갔다. 주차 케이스 하나가 텅 비어 있었다. 봇이 봇을 훔쳐 간 것이다. 이런 종류의 절도는 노른시면 몰라도 A-city에서는 일어나지 않는 일이다. A-city가 이름에 A급 퀄리티라는 의미를 부여하려고 하자 노른시는 "여기가 노른자위다."라고 받아쳤지만 아직은 2급 도시라는 오명을 다 벗지 못했다. 만약 어떤 시민이 고급 카봇을 도둑맞았다면 A-city라는 시스템 전체가 들썩거리고도 남을 일이다. 치안 때문에 큰돈을 내면서 A-city에 들어와 사는데 치안이 완전하지 못한 것으로 밝혀진다면, 사람들은 불안해하면서 해명을 요구할 것이고 백은 시장은 위기에 직면할 것이다.

그런데 한스는 비밀번호도 없이 A-city라는 3차원 안전망을 감쪽같이 빠져나가 버렸다. 마스터의 카봇이라 하더라도 불가능한 일이었다. 엄연히 비밀번호가 있고, 순간순간 보안망을 통과해야 했다. 봇은 차를 훔쳐 간 게 아니라 A-city의 보안 체계를 훔쳐 갔다.

카봇을 작동해 떠돌이 구역으로 향하는 동안 왜 내가 급하게 움직이는지 생각해 보았다. 나는 한스를 구하고 싶은 걸까. 나도 모르는 사이 한스가 꺼낸 말도 안 되는 이야기들을 믿어 버리고 말았는가.

고물 더미의 형상은 그사이 달라져 있었다. 한스를 꺼냈던 구역이 어디인지 헷갈릴 정도였다. 떠돌이들도 적잖이 눈에 띄었다. 비행 모드인 상태에서 봉우리처럼 쌓인 고물 더미를 지나자 수십 명이 얽혀 싸우는 광경이 눈에 들어왔다. 한복판에 누가 있을지 쉽게 짐작이 갔다. 나는 봇을 작동시켜 액화 가스를 분사해 떠돌이들을 쫓았다.

"무슨 짓이야? 날 죽이려고 작정을 했구나?"

마이크가 연결되자 화풀이부터 했다. 최신형 카봇이 이런 식으로 소용되었다는 것을 알고 나면 마스터가 나를 가만둘 리 없었다. 게다가 나나를 찾아가겠다더니 왜 하필 떠돌이 구역인가. 정신없이 다그쳤을 때 한스가 말했다.

"제게서 잘려 나간 배를 찾아야 합니다."

"그건 왜?"

"거기에 파일이 있습니다."

"나나의 편지 말이야? 그런데 나더러 바디를 잘라 버리라고 한 거야?"

나나의 명령, 나나와의 약속이 그렇게 중요했다면 다른 것은 몰라도 편지를 숨겨 둔 배는 꼭 챙겨야 하는 거 아닌가.

"당신을 믿어도 되는지 확신이 서지 않았습니다."

"뭐야?"

그때 툭 하고 무거운 물체가 한스가 운전하던 차체에 떨어져 비상벨이 작동했다. 떠돌이들이 그냥 물러날 리 없었다. 한스를 몰아쳐 그곳에서 빠져나가 A-city로 복귀하는 게 피해를 최소화하는 길이었다. 그런데 한스의 한마디가 귓전을 때렸다.

"애니멀 메이킹이 제 바디 배 부분에 별도로 저장되어 있습니다. 그걸 찾아가야 합니다. 도와주십시오."

"애니멀 메이킹이라고? 방금 나나의 편지라며?"

"같은 겁니다."

나는 더 묻지 않았다. 보안 체계를 어떻게 뚫고 카봇을 작동시켰는지에 대한 질문도 다음으로 미뤘다. 애니멀 메이킹은 한스가 아니라 내게 필요한 것이었다.

차에서 내려다보니 지상의 떠돌이 숫자는 늘어나 있었고 점점 몰려들고 있었다. 할 수 없다는 판단이 섰다. 나는 마이크를 작동시켜 "우두머리 나와!"라고 소리쳤다.

"고물 하나를 찾아 주면 식량을 제공하겠다."

D-27, 즉 돼지고기 등심 20상자를 제안했더니 40명쯤 되는 떠돌이들이 동시에 돌을 던지며 "배신자!"라고 소리쳤다. 어처구니가 없었다. 나를 아직도 먹을 거나 동냥하던 불쌍한 소년으로 아는 건가. 옥신각신한 끝에 70상자로 타협이 이루어졌다.

떠돌이들이 정신없이 고물을 치우고 있을 때였다. 한스가 마이크를 통해 원하는 것을 손에 넣었다고 알렸다. 모니터를 확대했더니 D-27 상자의 12분의 1만 한 물건을 손에 쥐고 흔들어 대는 한스가 보였다. 온몸에 소름이 돋았다. 한스는 애니멀 메이킹이 저장되어 있던 바디를 정확하게 말하지 않아 떠돌이들의 시선을 분산시킨 것이었다.

"거기에 뭐가 저장되어 있다는 거야?"

필귀에게 부탁해 D-27 70상자를 확보해 떠돌이들에게 인계한 뒤 카봇을 타고 A-city로 출발하면서 마이크를 켰다.

마스터에게는 간단히 보고를 마친 상태였다. 애니멀 메이킹도 궁금했지만, 카봇을 작동 중인 한스가 나를 따돌리고 다른 곳으로 향할 가능성에 대비하려면 정신을 바짝 차릴 필요가 있었다. 나의 미래와 운명이 이 순간에 달려 있었다. 나는 카봇이 출발하자마자 애니멀 메이킹을 설명해 달라며 말을 걸었다.

"애니멀 메이킹은 나나의 아버지가 나나에게 남긴 메시지입니다."

"여태까지 나나의 편지라고 하지 않았어? 나나가 아버지에게 전하는 메시지라며?"

봇은 대답이 없었다. 나는 뚜껑이 열리기 직전이었다. 모니터를 뚫어져라 응시하며 한스의 동향에 촉각을 곤두세웠다. D-27 70상자와 두 대의 카봇을 동원한 일에 전적으로 책임져야 할 사람은 나였다. 떠돌이로 살다가 A-city로 입성해 겨우 자리를 잡았는데 이렇게 쫓겨날 수는 없었다. 하지만 자신을 쓰레기 더미에서 구해 낸 인간에게 계속 거짓말이나 해 대는 봇을 어떻게 다루어야 하는지 내게는 아무런 대책이 없었다. 실은 봇이 거짓말을 한다는 말조차 들어 본 적이 없었다.

잠시 후 한스가 A-city로 방향을 틀자 나는 겨우 한숨을 돌리며 마음을 누그러뜨렸다. 하지만 대화를 멈출 수는 없었다.

"지난번에 내가 잘못 들었나?"

"아닙니다."

"그럼?"

"나나의 편지를 성의껏 전달했지만, 나나의 아버지마저 체포된 겁니다."

그때 카봇이 집에 도착했다고 알려 주었다. 나는 한스가 자신의 배라고 주장하는 물건을 들고 내리는지 확인한 다음 시동을 껐다. 카봇에서 내려 주차장 문을 열고 엘리베이터 버튼을 누르기까지 한스의 행동에는 한 치의 오차도 없었다. 내가 심각한 표정을 지으며 엘리베이터 앞에서 버티고 서 있자 한스가 해명했다.

"저는 벽 너머에서도 사물의 크기와 움직임을 파악할 수 있습니다."

소름이 돋았다. 소리를 통해 사람이 누르는 비밀번호를 읽는다는 말로 들렸기 때문이다. 내가 고물 더미에서 가져와 복원한 건 무엇일까. 나는 한스가 들고 있던 것에서 눈을 떼지 않고 생각했다. 집 안으로 들어서자마자 녀석을 낱낱이 해체하여 못 쓰게 만들겠다고. 문명을 위해! 인류의 보존과 안녕을 위해!

하지만 집으로 들어서자 그 일은 잠시 보류되고 말았다.

한스는 몸의 균형이 맞지 않아 절뚝거리며 창가로 다가가더니 삐익 하는 기계음을 내며 초록색 손가락으로 바깥을 가리켰다.

"나나 아버지와 저는 저기에 갇혀 있었습니다."

한스가 가리킨 곳은 A-city의 시청 건물, 돌마였다.

4
제 고향은 Under A-city입니다

한스가 알고 있는 한 애니멀 메이킹은 어린 시절 나나가 했던 놀이의 명칭이었다. 나나의 메시지를 받은 나나의 아버지가 애니멀 메이킹이라는 파일 명으로 나나에게 보내는 편지를 작성해 한스 배 속에 집어넣은 것은 자연스러운 일은 아니더라도 있을 법하기는 했다. 사람으로 치면 뱃살이 있을 자리에 편지를 숨긴 것도 재미있는 발상이었다. 한스는 배터리가 망가진 채 고물 더미에 버려졌으나 오랜 시간이 지나 자동으로 수리되어 지금 내 앞에 서 있었다. 한스를 버렸던 사람은 한스에게 자동 충전 기능이 있다는 사실을 몰랐을 것이다.

보안국에서 포착한 애니멀 메이킹 신호는 수년 만에 저절로 복원된 한스의 뱃살이 꿈틀거린 결과라고 믿어야 할까. 이상한 점은 또 있었다. 보안국이 애니멀 메이킹의 수사를 은밀히 진행하는 이유는 2년 8개월 전 국가 시스템에 불법으로 접촉한 정황을 포착했기 때문인데, 그동안 애니멀 메이킹은 한스의 배 속에서 태아 상태로 존재해 왔던 것이다. 세상에 나가 본 적 없는 태아가 범죄를 저질렀다는 이야기는 어디서도 들어 본 적이 없었다.

한스의 뱃살, 즉 애니멀 메이킹의 내용을 풀어 보면 사건의 윤곽이 드러나겠지만 천하의 필귀마저도 사흘째 전전긍긍하며 시간을 끌었다. 내 임무가 애니멀 메이킹을 추적해 체포하도록 어시스트하는 것이라면 필귀의 임무는 좀 더 고급한 상위 단계였다. 아무도 말해 주지 않고 아는 척하는 것도 암암리에 억압되어 있지만, 나는 필귀가 추적하는 대상에 백은 시장도 포함된 게 아닐까 추측하고 있었다. 엄청난 이야기라, 공개된다면 세상이 발칵 뒤집힐 일이었다. 백은 시장은 A-city를 넘어 세상의 주인이 되기를 꿈꾸는 사람이니 말이다.

"24시간 안에 풀지 못한 비밀이 있다니, 정말 자존심 상하는군."

한스에게 필귀의 홀로그램과 나눈 이야기를 전하려 했지만, 한스는 이미 알고 있었다. 어떻게 아냐고 물었더니 소리를 들었다고 했다. 2층에서 내가 혼자 중얼거린 말을 듣고 한스가 1층에서 올라온 적도 있었다. 청각 능력이 뛰어났지만 마스터나 필귀 앞에서는 아무것도 모르는 하급 로봇인 척 시치미를 뗐다.

한스는 따지기도 잘했다.

"필귀라는 사람은 정의로운 사람입니까? 마스터는 어떤가요? 그는 선한 사람입니까?"

나는 《선한 사람》이라는 마스터의 책을 대신 소개했다. 마스터는 그 책에서 선함과 선하지 않음에 대해 구별법을 제시했다. 세상이라는 숲에서 사람을 만났을 때 그가 어떤 상황 속에 처해 있는지를 먼저 살피는 게 선이고, 자신의 머리에 저장된 패턴을 불러와 눈앞의 사람에게 덮어씌우는 것은 선하지 않음이었다. 그 구절을 읽고 마스터가 노르마칩의 업그레이드 버전인 〈Nell〉 시리즈를 달가워하지 않는다는 인상을 받았다. 마스터는 겉으로는 A-city의 시민권을 이용하고 있지만 실제로는 노파(노른시파)라는 소문이 자자했다.

이전 세상과 달리 요즘 부자들은 회사라는 이익 공동체를 운영하면서 이런저런 제약에 시달리느니 차라리 세상을 근본적으로 사 버리겠다는 야망을 드러냈다. A-city의 백은 시장은 땅을 사고 건물을 사들이더니 어 하는 사이에 도시를 소유한 주인이 된 것이다. 〈Nell〉 시리즈는 거대 도시를 사적으로 관리하기 위해 필수적인 시스템으로 떠올랐다. 반면 노른시의 노르마칩은 트리 1단계에 머물러 있다. 하나의 트리는 가족이거나 경제, 혹은 신앙으로 연결된 공동체였다. 기능은 위치 정보와 범죄 예방에 한정된다.

한스에게 이런 내막을 쉽게 설명할 수는 없었다.

"촌스러운 말은 하지 않았으면 좋겠어. 지금은 2071년이야. 누구나 선하고 정의로운 길로 갈 수 있게 정해져 있단 말이야."

"노르마칩이 관리하고 있겠군요."

"잘 아네."

나는 내 귓등을 만져 보았다. 작고 동그란 링이 만져졌다. 한스는 파일이 나쁘게 사용될까 봐 걱정인 것 같지만 우리 사이에는 규칙이라는 게 있다. 내가 할 일은 애니멀 메이킹의 정체를 밝혀내는 것이다. 필귀도 마스터도 같은 목표를 가진 사람들이었다.

"걱정 마. 나나와 나나의 아버지가 만나는 것을 가로막을 사람은 없어."

봇은 보증할 수 있냐고 물었다. 짜증이 났지만 고개를 끄덕였더니 또 하나의 약속이 생겼다면서 나를 자극했다.

닷새째 되던 날 파일을 풀었다기에 달려갔다가 기절하는 줄 알았다. 파일 안에는 또 다른 비밀 파일 두 개가 나란히 있었다. 어렵게 두 개를 열면 이번에는 네 개가 나타날까.

"문제는 말이지."

필귀가 몇 번이나 고개를 갸웃거렸다.

"여기 저장된 파일은 바깥으로 송출된 기록이 전혀 없어. 기록한 뒤로 한 번도 사용하지 않은 것 같아."

"2년 8개월 전 애니멀 메이킹이라는 아이디로 보안국에 침입한 사람이 한스에게 기록을 남긴 그 사람이겠죠?"

"아마도."

"저는 나나 아버지가 왜 이렇게까지 잠금장치를 철저히 해 뒀는지 이해가 안 갑니다. 목적이 뭘까요?"

필귀는 그게 포인트일지도 모른다며 콧구멍을 벌름거렸다.

필귀가 파일을 풀려고 애를 쓰는 사이 나는 A-city에 있는 집에서 한스와 계속 이야기를 나누었는데 결코 유쾌한 시간이라고는 할 수 없었다.

"제가 태어난 곳은 A-city의 UA빌딩입니다."

한스가 말했다.

"UA빌딩이라니, 그게 어디 있는데?"

나는 처음 듣는 명칭이었다.

"UA란 'Under A-city'의 약자입니다. 모르시겠습니까?"

"Under A-city?"

안다고도 할 수 없고 모른다고 잡아뗄 수도 없었다. A-city의 시청이 있는 돌마빌딩은 A-city 1구역 중심가에 있는 지상 54층과 지하 6층의 건물로, 괴이한 소문에 휩싸여 있었다. 알고 보면 지하층이 수십 층이라는 이야기였다. 그게 사실이라는 공식 문서는 아무도 찾아내지 못했지만 출입이 철저히 통제된 그곳에서 AI와 관련된 각종 연구와 실험이 꺼림칙한 방법으로 진행되고 있다는 이야기는 들은 적이 있었다. 하지만 돌마빌딩의 지하층을 UA라 부른다는 얘기는 금시초문이었다.

"나나를 처음 만난 건 돌마빌딩 지하 18층, 즉 UA 18층에서였습니다."

"UA 18층이라니, 그런 말이 어딨어?"

나는 화를 내면서 목소리를 높였다. 머지않아 공무원이 될 내가 이 세상의 구조를 다른 모형으로 제시하는 봇을 어떻게 대할지 몰라 끌려다니다니.《봇을 대하는 100가지 방법》같은 가이드북이라도 있으면 좋겠다. 안 그래도 떠돌이들에게 D-27 70상자를 제공한 것 때문에 해고될 뻔했다. 곧이곧대로 보고한 것이 빌미가 되었다.

"애니멀 메이킹이 저장된 파일을 찾아낸 건 한스라며? 떠돌이들이 딱히 도운 것도 없는데 무슨 이유로 그렇게 많은 식량을 제공한 거지?"

마스터의 다그침이 내 귀에는 떠돌이 중에 같은 편이 있어 그들에게 식량을 제공하려고 일부러 명분을 만들어 준

게 아니냐는 소리로 들렸다. 그것이 아니라는 것을 증명하려고 필귀와 수차례 연락을 주고받았다. 필귀가 나를 잘 옹호해 주도록 만들기 위해서였다. 앞으로 24개월간 급료 일부를 깎겠다는 결론이 난 것도 억울하기 짝이 없었다. 엄마를 데려오는 일이 연기된 것 같아 기분이 우울했다. 그런데 이번에는 UA 18층이라고? 아무래도 이 봇이랑 계속 있다가는 내 인생이 통째로 날아갈 것 같다.

"나나는 엄마를 부르고 있었습니다. 엄마에게 데려다 달라고 애원하고 매달리다가 그렇게 못 한다는 걸 알고 나서는 사람을 물어뜯고 난동을 부렸습니다. 나나는 힘이 셌습니다."

소녀가 힘이 세 봤자 얼마나 셀까라는 생각에 귀담아듣지 않았다. 그보다는 한스 너를 누가, 왜, 만들었으며 청각 기능은 왜 그렇게 예민한지 설명해 달라고 부탁했다.

"저를 만든 사람은 백은 시장입니다."

"그래?"

"잔잔한 호수에 돌멩이 하나를 던지는 심정으로 저를 만들었답니다."

때마침 '인공 공간에서 혼자 놀기를 좋아했던 백은 시장'이라는 제목의 홀로그램 영상물이 창가를 스치고 지나가는 바람에 나는 집중력이 저하돼 건성으로 듣고 넘겨 버렸다.

나나가 난동을 부리고 사람을 물어뜯고 밥을 먹지 않자 백은 시장은 하룻밤 사이에 얼렁뚱땅 로봇을 만들어 나나에게 선물로 주었다는 말조차 흘려들었다. 나나의 입을 막고 마음을 가라앉히기 위해서라는 소리도 마찬가지였다. 한마디로 비전문가가 성의 없이 고안한 로봇이나, A-city이고 백은 시장의 일이다 보니 최고의 기술을 별 고민 없이 동원했다는 것인데, 잔잔한 호수에 돌멩이 하나를 던지는 심정으로 만들었다는 말과 모순되는 바가 없지 않았다. 백은 시장은 한스가 고장 나거나 작동이 멈추더라도 상관하지 않았을 거라고 말했다. 한스보다 더 중요한 일에 몰두해 있었기 때문이다. 그게 뭔지 물었어야 하는데 나는 '인공 공간'이라는 단어에 현혹되어 생각이 미처 거기에 가닿지 못했다.

다행히 한스는 나나에게 큰 도움이 되었다.

"넌 유괴되어 완전히 다른 세상으로 끌려 나온 거야."

한스가 던진 첫마디가 나나에게 계기가 된 것 같았다. 나나는 열두 살이지만 자신이 처한 상황을 인지하지도 못하다가 한스가 귀띔한 이후 생각을 하기 시작했고, 사람들을 대하는 태도도 바꾸었다. 부모가 보고 싶어 눈물로 지새는 나나를 위해 한스가 노래를 불러 준 것도 주효했다. 그 노래는 한스의 바디에 입력된 70년 전의 노래들이었다. 나나는 그동안 살아온 날들과 부모님에 대해 아는 것 모두를 한스에게 털어놓았다. 나나는 아빠가 지어 준 이름으로, 엄마의 '나'이고 아빠의 '나'라는 뜻이라고 했다.

한스가 나나에 대해서 다른 이야기를 시작하려고 할 때 필귀에게 연락이 왔다. 두 개의 파일 중 하나를 열어 내용을 복구했다는 소식이었다. 나는 한스를 집에 두고 화성으로 날아갔다.

열린 파일의 이름은 'NANA'였고 나머지 하나의 이름은 전체 파일 명 그대로 '애니멀 메이킹'이었다. 정작 열어야 할 것은 열리지 않아 속이 탔지만 조급증을 누르고 'NANA'를 검토했다.

먼저 시선을 끈 것은 'NANA'가 정확히 2년 8개월 전인 2069년 4월 21일 팍스 아시아라는 채널이 작성해 배포한 20분짜리 뉴스를 토대로 만들어진 파일이라는 점이었다. 보안국에서 애니멀 메이킹 신호를 처음 포착한 것도 2069년 4월 21일이었다. 온몸에서 전율이 일어나 좀처럼 해소되지 않았다. 나는 마스터에게 대략적인 내용을 보고했다.

"좋아. 한 시간 뒤에 거기서 보자."

파일 'NANA'에 있는 뉴스가 사실인지 확인하려고 자료를 뒤졌으나 뚜렷한 흔적을 찾아내지 못했다. 뉴스가 다른 채널에서도 반복되는 과정을 추적해 당시에 적지 않은 반향을 불러일으켰음을 확인했다.

추가적인 사실을 찾지 못한 나는 보안국에 애니멀 메이킹이 출현했던 시각을 확인하면서 시간을 끌었다. 파일이 만들어진 시각에서 정확히 3분 뒤였다.

마스터를 기다리면서 한스에게 들었던 몇 가지 사실을 필귀에게 털어놓았다. 내 입으로 UA라는 명칭을 들먹일 때마다 어쩔 수 없이 긴장감에 사로잡혔다.

"한스는 자기가 거기서 태어났다고 하더군요. 백은 시장이 나나를 달랠 목적으로 만들었답니다."

필귀는 UA라는 께름칙한 소리를 듣고도 화를 내거나 놀라지 않았다. UA라는 게 진짜로 있구나. 온몸에서 불처럼 소름이 일어났다.

"백은 시장이 한스를 만든 건 아닐 거야. 의사가 로봇을 직접 제작하지는 않으니까."

바보처럼 고개를 끄덕이는데 마스터가 구멍 난 우산을 털며 안으로 들어왔다. 밖에 산성비가 내리는 중이라고 했다. 회의실로 들어가 직원이 끓인 수프에 애벌레를 찍어 먹으면서 함께 영상을 보았다. 마스터는 애벌레의 배 껍질을 벗겨내 속살만 발라서 먹었다.

5 /
나나 이야기

"이게 뭐야?"

영상을 다 본 마스터가 말이 안 된다며 불만을 터트렸다.

"사실 여부는 확인이 어려웠습니다."

"너무 리얼하잖아."

"저도 그렇게 느꼈습니다."

잠시 침묵이 흘렀다. 과학이 발달하면서 뉴스조차 개인 채널을 통해 유통되는 경우가 허다했다. 덕분에 진짜와 가짜의 경계는 모호해져 사람들은 개인의 취향에 따라 주변에서 일어나는 사건에 관심을 두거나 말거나 했다. 'NANA'에 담긴 이야기는 개인 채널이 제작해 유통한 뉴스로, 사실인지도 불분명했지만 마스터와 나의 취향과도 상당한 거리가 있었다. 지금 이런 뉴스가 방송된다면 채널을 바꿀 가능성이 컸다. 나는 보이지 않는 것을 기꺼이 믿고 탐구할 만큼 성숙한 나이가 아니었다. 하지만 더 파고드는 것 말고는 방법이 없었다. '애니멀 메이킹'이 열리지 않은 상태라 'NANA'를 분석해 연관 자료들을 하나둘 확보하면 의외의 단서가 나올지도 몰랐다.

"저녁에 다시 보자."

마스터는 몇 가지 지시 사항을 남기고 어딘가로 나갔다. 나는 A-city로 돌아가 한스에게 업무 명령을 내리고 1층 체력실로 들어가 아날로그 버전에 맞춰 운동하면서 영상을 다시 보았다.

중간 속도를 유지해 달리면서 나나의 얼굴을 관찰했다. 한스에 따르면 나나의 엄마는 필리핀 민다나오섬 출신으로 얼굴 외형도 남방계였는데 영상으로 본 나나의 얼굴에는 그런 흔적이 나타나 있지 않았다. 코가 납작하고 피부가 가무잡잡한 것과 거리가 있었다. 하지만 부모와 어느 정도 닮은 것은 사실이었다. 어쨌거나 나나의 엄마는 필리핀과 인도네시아 인근 섬들이 물에 잠겼을 때 난민이 되어 떠돌다 화성에 도착해 나나 아버지를 만났다고 했다. 나나 아버지는 우편배달부였으며 나나 엄마는 놀이공원에서 청소부로 일하면서 생계를 유지했다. 나나의 어린 시절은 그럭저럭 괜찮았던 것 같다. 편집된 영상의 첫 장면은 열두 살의 나나가 엔진이 부착된 구형 자전거를 타고 학교에 가는 모습이었다. 콧노래라도 부르는 것 같았다.

곧이어 문제의 그 장면이 나왔다. 무인 버스에 녹화된 장면이라 화질이 선명하지는 않았지만 리포터가 장면마다 해설을 곁들여서 이해하는 데 어려움은 없었다.

아침부터 장대비가 내려서 나나는 자전거를 집에 두고 정거장까지 걸어갔다. 무인 버스가 멈추자 나나는 승차하려고 우산을 접었다. 승객은 마흔한 살인 김삼인 씨 혼자였다. 나나가 버스 뒷자리로 가려고 통로를 걸어갈 때, 버스 중간에 앉아 있던 김삼인 씨가 갑자기 일어나더니 지팡이를 휘두르며 소란을 피웠다.

"호랑이다. 여기 호랑이가 나타났다."

나나는 재미있다는 듯 킥킥거리며 뒷자리로 가서 앉았지만, 김삼인 씨 쪽을 쳐다보더니 흠칫 놀라는 태도를 보였다. 김삼인 씨가 맹인이라는 것을 알아차린 것 같았다. 김삼인 씨는 지팡이를 계속 휘둘렀다.

"여기 호랑이가 있습니다. 살려 주세요. 누구 없나요?"

무인 버스는 멈추지 않고 계속 달렸고, 김삼인 씨는 버스 창문을 두드리면서 구조를 요청했다. 나나는 맹인에게 다가가 자신은 호랑이가 아니라 열두 살 소녀일 뿐이니 걱정 말라며 사과했다. 호랑이 놀이를 한 것뿐이라는 말도 덧붙였다. 하지만 맹인은 안심하기는커녕 버스 앞쪽으로 도망가더니 미친 듯이 지팡이를 휘둘렀고, 버스가 다음 정류장에 멈추기를 기다릴 새도 없이 창문을 깨고 바깥으로 뛰어내렸다. 바깥 아래는 육지에서 연결된 철교였고, 밑은 낭떠러지라 하마터면 큰 사고로 이어질 뻔했으나 다행히 맹인의 옷이 다리 난간 조형물에 걸려서 목숨은 건졌다. 하지만 병상에서 깨어난 맹인은 실어증 상태가 되었다.

어떻게 보면 아무것도 아니고 맹인이 환각이나 환영에 시달린 것에 불과할지도 모르는 광경이었으나, 리포터는 전혀 다른 맥락으로 이 사건을 전달했다. 나나라는 소녀가 가진 특별한 능력이 이 사건을 이해할 열쇠라고 떠들어 댔다. 이 장면이 방송 화면으로 나갔을 때 시청자들이 반응하지 않았다면 그냥 묻혀 버렸을 일이다. 리포터의 흥분된 말투를 듣기만 해도 사람들이 폭발적인 흥미를 드러냈다는 것을 짐작할 수 있었다.

"수년 전 지구에서 완전히 사라진 것으로 확인된 호랑이. 김삼인 씨는 무슨 까닭으로 호랑이가 나타났다고 한 것이며 나나는 어째서 호랑이 놀이를 한 거라고 말했을까요. 여러분! 궁금하지 않습니까? 알지도 못하는 두 사람이 미리 합의한 바도 없는데 동시에 호랑이를 떠올렸으니 말입니다. 두 사람 가운데로 불쑥 뛰어든 호랑이는 어디서 나타났을까요?

호랑이가 맞기는 할까요?"

그리고 100여 년 전 숲을 누비던 호랑이가 자료 화면으로 나왔다. 어홍! 눈밭의 호랑이가 카메라를 향해 입을 쩍 벌렸다.

이어진 장면은 나나 주변 인물들이 나나에 관해 말하는 인터뷰 화면이었다.

"나나는 못하는 운동이 없어요. 달리기와 던지기, 점프는 따라 할 사람이 없죠. 높이뛰기는 어떻고요."

리포터가 얼마나 높이 뛰냐고 물었더니 단숨에 3미터를 날아오른다고 했다. 하지만 나나의 그런 행동을 보여 주는 화면은 나오지 않았다. 동네 친구는 나나의 손아귀 힘이 장난 아니라면서 목격담을 전했다.

"어떤 아저씨의 주먹이 흐물흐물해졌어요. 진흙처럼 말이에요."

"나나가 어떻게 했는데, 그렇게 된 거죠?"

"그냥 꽉 쥐었어요."

"왜요?"

"그 아저씨가 손장난을 쳤다고 했어요. 몰래 나나를 만지려고 했대요."

"오, 그렇군요."

비슷한 이야기가 더 이어진 다음 떠돌이 구역의 주변 환경이 삭막한 그림으로 스쳐 지나갔다. 나나 친구들에게 나나의 호랑이 놀이에 대해 아느냐고 물었더니 그건 말 그대로 놀이이고 장난일 뿐이라고 했다.

리포터가 친구들에게 물었다.

"나나는 인간일까요? 아니면 AI일까요?"

"AI라니, 말도 안 돼요. 나나는 심한 장난꾸러기예요. 그게 다예요."

의문은 남아 있다고 리포터가 전했다. 왜냐하면 김삼인 씨는 뇌에 칩을 삽입한 상태였기 때문이다. 맹인 보호용 싸구려 칩이지만 한 가지는 확실했다. 그 칩을 제작한 과학자의 짧은 인터뷰가 마지막으로 이어졌다.

"칩을 장착한다고 다른 사람을 동물로 감각하다니요, 그런 일은 절대 일어날 수 없습니다."

'애니멀 메이킹' 파일을 푼 것은 그로부터 사흘 뒤였다. 보안국 중앙 본부의 최첨단 장비를 사용해서 풀었다고 했다. 필귀의 연락을 받고 번거로운 절차를 거친 끝에 중앙 센터 39층의 도깨비 문을 통과할 수 있었다. "문이 열립니다." 와 "문이 닫힙니다." 소리만 들릴 뿐 특수 엘리베이터의 형상도, 움직임도 볼 수가 없어 도깨비 문이라고 불렸다. 열렸다는 소리가 들렸을 때 안쪽에서 키가 150센티미터 정도 되는 크리스털 보이가 내려 코를 훌쩍거려서 깜짝 놀랐다. 투명한 몸 안의 뼈마디들이 아름다운 분홍빛을 내고 있었다.

"문이 닫힙니다."

기계음을 듣고 안으로 들어서는데 방금 본 크리스털 보이가 급하게 들어왔다.

"참, 내 정신 좀 봐."

그러더니 나를 의식한 듯 시치미를 떼면서 시선을 허공으로 돌렸다. 크리스털 보이와 나는 같은 곳에서 내렸으나 움직이는 방향은 달랐다. 나는 듀오 스킨을 통해 필귀에게 안내되었다. 돌아보았더니 크리스털 보이는 제17차장의 방으로 들어갔다.

"아무것도 없어. 속이 텅 빈 가운데 목소리 하나만 저장되어 있더라고."

필귀는 허탈한 표정으로 앞머리를 쓸어 넘겼다.

"목소리라뇨?"

"'내가 여기 있습니다.'라는 기계음이었어."

"그건 고물 더미에서 한스가 저에게 한 말이었는데 사실은 저장된 파일에서 흘러나온 목소리였군요."

그때 도우미 봇이 커다란 상자 일곱 개를 가져와 쌓아 놓고 갔다.

"한스는 그걸 나나의 음성이라고 믿고 있습니다."

"안 됐네."

"그러게 말입니다."

상자 안에서 나온 것은 헌 구두와 운동화, 슬리퍼 같은 것들이었다. 필귀는 구형 돋보기와 안경을 건네며 자세히 살펴보라고 했지만 찾는 게 무엇인지는 일절 말하지 않았다.

잠시 뒤 마스터가 와 있다는 연락을 받고 필귀와 함께 집으로 돌아갔다.

'내가 여기 있습니다.'

함께 음성 파일을 스무 번쯤 반복해 들었다. 목소리는 구형이었지만 한스의 음성과는 달랐고 남성인지 여성인지도 분명치 않았다.

"어떻게 된 걸까?"

마스터가 질문을 던지자 한스는 간단하게 대답했다. 나나의 아버지가 파일을 작성해 자신의 몸에다 직접 감추었으며 나나를 만나면 전해 주라고 했다는 것이다. 자신은 그 외에는 아는 바가 없다며 잡아뗐다. 그 순간의 한스는 전혀 현대적이지 않았고 당장 버려도 아깝지 않을 쓸모없는 봇의 이미지였다. 작업이 이루어졌던 장소가 UA 18층이라는 말도 교묘히 감춘 채 털어놓지 않았다. 한스에게 들었던 UA를 두 사람 모두에게 보고했던 나는 목이 탔다. 이 세상에 실재하지 않는 허구는 바로 나인 것 같았다.

"컴퓨터는 어떤 것을 사용했는데?"

필귀는 콧구멍을 넓히더니 날카로운 질문으로 파고들었다.

"나나의 아버지는 제 바디 안의 컴퓨터를 이용해 어딘가로 들어갔습니다. 거기가 어딘지 저는 알 길이 없습니다."

"애니멀 메이킹이 최초로 포착된 곳이 보안국 F-1K 시스템이었잖아."

필귀는 혼잣말처럼 중얼거리더니 생각에 잠겼고 잠시 후 조심스럽게 의견을 말했다.

"애니멀 메이킹이 침입한 이유가 보안국에 들키고 포착되려는 것 아니었을까요?"

"그렇게 보는 이유는?"

마스터가 팔짱을 풀면서 눈을 빛냈다.

"보안국까지 쳐들어왔으면서 어떤 해킹도 시도하지 않았습니다. 오직 들어오기만 했다는 게 이상합니다."

"시간이 없었을 가능성은?"

"없습니다."

"들켜서 뭘 어쩌자는 건데?"

"그걸 알아내야 합니다. 이상한 점은 또 있습니다."

"말해 보게."

"나나의 아버지가 흔적만 남기려 했다면 중앙 우체국 서버를 통해 보안국 해킹을 시도하는 게 맞지만, 그 방법은 사용하지 않았습니다. 들켜서 소란을 불러일으킬 목적이라면 그게 훨씬 쉽고 파급력도 컸을 텐데 말입니다."

"음."

"한스가 만났다는 아버지가 정말 나나의 아버지일까요?"

"무슨 소리야?"

"저는 그게 의심이 갑니다."

한스를 쳐다봤더니 고개를 절레절레 흔들고 있었다. 가당치 않다는 뜻이었다. 따지고 보면 나나도 나나의 아버지도 오직 한스를 통해서만 그 존재를 전해 들었다. 가상의 인물이라고 해도 이상할 게 없었다. 나나 아버지의 꿈은 이루어진 셈인가. 지금이라도 들켰으니 말이다.

마스터와 필귀가 돌아가고 난 뒤 한스와 마주 앉았다.

"이젠 호랑이 놀이가 뭔지 말해 줘. 넌 알고 있지?"

나는 한스가 보안국에 협조하기로 마음먹었다는 것을 어렴풋이 눈치채고 있었다. 붓이 마음을 먹는다는 게 말도 안 되는 소리이기는 하지만 말이다.

"호랑이 놀이란 자신이 호랑이라고 상상하는 놀이입니다."

"호랑이라고 상상한다고?"

"나나는 호랑이를 떠올리면서 호랑이가 되려고 상상했던 것 같습니다."

"그게 무슨 말도 안 되는 소리야?"

나는 버럭 소리를 지르면서 화를 냈다. 이제 겨우 고물 코스프레인지 쓰레기 코스프레인지에 적응했는데 다시 내 마음을 교란하려 하다니. 너는 참고 자료일 뿐이야, 이 사건이 해결되면 내 손으로 직접 널 소멸시키거나 쓰레기 더미에 버려 재활용되게 만들 거야. 윤회라는 쳇바퀴가 얼마나 무서운지 어디 한번 겪어 보렴.

"넌 늘 거짓말을 하잖아."

나는 빈틈을 보이지 않겠다고 단단히 결심하고 한스를 노려보았다. 말로라도 녀석을 포박해 버렸으면 싶었다.

"저는 거짓말을 할 줄 모릅니다."

"기가 막히네. 애니멀 메이킹이 나나의 편지라고 했다가 아버지가 나나에게 보내는 편지라고 말을 바꾼 거 기억 안 나?"

"그건 시점을 건너뛰었기 때문입니다."

"무슨 헛소리야?"

"당신들은 서로를 이해하지 못해 안달났지만 실은 상대방의 표현을 인정하지도 않습니다. 자기 기준에 비춰 이해가 안 가면 거짓말이라고 몰아붙이더군요."

그러더니 느닷없이 "홍리님!" 하고 내 이름을 불렀다. 나는 덫에 걸린 사람이 되어 두렵고 아프고 악의적인 감정이 빗발쳐 허우적댔다. 한스는 이렇게 덧붙였다.

"나나를 찾아 직접 만나 보십시오. 그것만이 당신이 나나를 이해할 방법 같습니다."

한스는 내게 그만 들어가 쉬라고 했다. 필요한 작업은 자신이 밤새 해 놓겠다는 것이다. 나는 상사에게 떠밀린 부하처럼 샤워 부스로 들어가 71바퀴를 설정하고 기계를 작동했다. 10바퀴도 돌지 않았는데 눈물이 흘러내렸다. 엄마가 보고 싶었다.

"그러니까 정식 요원이 되어야 해."

그날이 와야 냉동고 문을 열고 당당히 소리 지를 수 있다. 엄마 나오라고.

6
노문자와 문노자

한스가 뽑아 놓은 서류를 읽는데 손이 부르르 떨렸다.

"김삼인 씨가 사망했다는 거야?"

"2069년 8월 3일에 죽었습니다."

무인 버스에서 사고가 난 지 3개월이 지난 뒤였다. 혹시나 하는 마음에 나나 친구들을 찾아봤더니 하나같이 행방이 묘연했다. 남은 것은 취재를 맡았던 리포터를 만나 보는 것뿐이었다.

그녀는 뽕뽕이라는 식품 회사를 경영한다고 나와 있었다. 뽕뽕은 노른시에 있지만 노파(노른시에 소속된)가 아니라 A파(A-city에 소속된)이며, 주요 판매 품목은 양갈비였고 북쪽의 추운 지방에서 소비된다고 했다. 화상 통화가 여러 번 불발되었다고 보고하자 마스터가 서류를 집어 던지며 화를 냈다. 당장 노른시로 가 보라는 것이었다.

"2년 8개월 전에 방송되었던 뉴스 때문에 찾아왔습니다."

한 시간가량 대기한 끝에 그녀를 만났다. 보안국에서 나왔다니까 그나마 만나 준 것이었다. 예상보다 젊었지만 틀림없이 그 얼굴이었다.

"뉴스라니요?"

"떠돌이 구역에 살던 나나라고, 무인 버스를 탔다가 맹인 남자를 놀라게 해서 사고를 유발했던 소녀입니다. 그 사건을 전한 리포터가 당신이었던 걸로 아는데요."

"리포터를 했다고요? 내가?"

그녀는 "팍스 아시아라니, 이름 참 거창하네요."라고 하더니 뭔가 오해가 있는 것 같다고 했다. "제가 어딜 봐서요?"라고 할 때는 왠지 모를 비현실감이 밀려왔다. 자신은 부모로부터 물려받은 사업체를 십여 년간 한눈팔지 않고 경영해 왔다는 것이다.

"제 이름은 노문자예요. 절 찾아오신 게 맞나요?"

"아, 문노자 씨 아닙니까?"

말을 하면서 나도 모르게 픔 웃었다. 노문자와 문노자라니, 누군가 심하게 장난을 친 것 같았고 그녀만 그 사실을 모르는 것 같았다. 하지만 알고 보면 모르는 것은 바로 나일 수도 있었다.

"저길 보세요."

문노자가 가리킨 벽에는 각종 행사 사진이 붙어 있었고, 사진마다 어김없이 그녀의 얼굴이 박혀 있었다. 분위기는 텔레비전에서 봤을 때와 딴판이었다. 눈빛과 머리 스타일이 조금 달랐지만 이목구비가 동일한, 분명히 같은 사람이었다. 경찰이 아닌 보안국 수습 요원으로 그쯤에서 실례가 많았다며 후퇴해야 하는데 잘 되지 않았다. 알겠습니다, 잘못 찾아온 것 같군요 하고 돌아선다면 그거야말로 난센스가 아닐까. 그녀가 리포터 출신이라는 것은 공식적인 기록이었다.

"그럼 혹시 이 사람은 아니요?"

김삼인 씨의 사진을 내밀었으나 고개를 가로저었다. 나나 친구들도 알아보지 못했다.

"저희 뿡뿡을 방문해 주셨으니 정문에서 기념품을 받아 가세요."

더 이상 할 이야기가 없다는 뜻이었다. 차를 몰아 식품 회사를 나오는데 정문에서 제복 입은 경비가 막아섰다. 그가 기념품을 내밀며 전자 사인을 받아야 한다고 고개를 숙이는 순간 목덜미가 햇볕에 반짝거렸다. 나는 그가 AI인 모양이라고 짐작했다.

그가 말했다.

"양갈비 세트입니다. 실험실에서 만들었지만 맛은 더할 나위 없습니다."

양갈비라는 말에 놀라 얼른 손을 내저으며 사양했다. 처음 보는 사람에게 실례일 수 있지만 그럴 만한 사정이 있었다. 어릴 적 엄마가 어디서 상한 양고기를 얻어 요리했고 얻어 맞아 가면서 꾸역꾸역 삼켰다가 밤새 토하고 설사했다. 엄마는 창자에 기름칠을 했으니 그래도 괜찮다며 다음에 한 번 더 먹자고 했다. 남은 양고기를 엄마 몰래 땅에 파묻었다가 발가벗겨진 채 동네를 20바퀴 돌라는 벌을 받았다. 토하고 설사한 뒤라 두 바퀴 돌고 쓰러져 사흘 뒤에야 깨어났다.

'난 그림자란다. 그래서 그랬어.'

엄마의 사과에서는 설익은 배 맛이 났다. 떠돌이 구역에서 폭력이 빈번하게 발생하고 때로는 그것이 정당화될 이유가 있다면 두말할 것도 없이, 가난이었다. 이후 다시는 양고기를 거들떠보지 않았다. 집으로 가져간다는 것은 상상할 수 없는 일이었다. 나는 계속 거절했지만 경비는 나의 거절을 거절했다.

"그렇다면 당신이 가지면 되잖아요."

"그건 규정에 어긋납니다. 저는 그럴 수 없습니다. 다만."

그의 시선이 재빨리 중앙 현관 쪽을 훑었다. AI가 아니었나. 경비는 내 차로 다가오더니 빠르게 속삭였다.

"정말 필요치 않다면 필요한 사람에게 직접 기증하는 건 어떻습니까? 양갈비 양도 꽤 많으니 말입니다."

"필요한 곳을 아십니까?"

"저기 사거리에서 모퉁이를 돌아 200미터만 더 가면 갈래 길이 나오는데, 우회전해서 언덕으로 올라가면 마당숲이라는 어린이집이 나옵니다. 그곳이라면 양갈비를 무척 반길 겁니다."

그는 설명하면서 어디를 가리키지도 않고 오직 내 얼굴만을 들여다보았다. 그 때문에 그가 하는 말에 집중하기 어려웠다. 거기다 어린이집이라니. 노른시에 어린이집이 있다는 이야기는 노른시에 보육원이 있다는 소리만큼이나 생소했다. 하지만 내게는 달리 대답할 말이 있는 것도 아니었다.

"알겠습니다. 그렇게 하겠습니다."

순간 경비가 행복한 미소를 지었는데 그 모습이 이상하게도 마음을 끌었고 인간이라고 확신하는 계기가 되었다. 나는 경비와의 만남을 더 갖고 싶어 "뭐 물어봐도 됩니까?" 했다.

"얼마든지요."

"문노자 회장님 말입니다."

"노문자 회장님요?"

"아, 참 그렇군요. 노문자 회장님이 이 식품 회사를 십여 년간 경영했다는 게 사실입니까?"

"네, 틀림없이 그렇습니다만."

"그렇군요. 알겠습니다. 그럼."

나는 인사하고 차를 몰아 마당숲으로 가면서 한스를 떠올렸다. 문노자와 노문자 사이의 괴리는 누군가 거짓말한다는 의미인가, 단순한 시차인가.

경비가 안내한 대로 움직였더니 마당숲이라는 어린이집이 나왔다. 하지만 도착하자마자 마스터의 명령이 떨어졌다. 그냥 돌아오라고 했다. 무엇 때문인지 궁금했지만 무조건 알겠다고 하고 대신 필귀에게 연락해 이유를 물었다.

"문노자 회장 말이야."

"노문자 회장이랍니다."

"그래? 아무튼 그 여자에 관한 정보가 확보됐어."

자세한 건 나중에 말하자고 했으나 꼬치꼬치 묻지 않을 수 없었다. 내가 느끼는 감정은 늘 자리에 대한 불안과 연결되어 있었다. 목재를 운반하는 트럭에 탔다가 필귀에게 발견되어 보안국 수습 요원이 된 것은 하늘의 별 따기에 해당했다. 나는 그 행운이 계속되도록 내 자리를 지키고 싶었다. 열여섯은 그런 것을 시험하기 좋은 나이였다.

"리포터는 죽었어."

필귀의 목소리는 유달리 음산했다. 같은 사람으로 보였다고 말했더니 당연한 일이라고 했다. 노문자는 문노자의 복사본이니까.

"뿡뿡이 돈이 많았거든. 구조도 탄탄했고. 그걸 유지하려면 상속자가 필요하지."

문제는 리포터의 유전자를 냉동시킨 시점이 오래전이어서 노문자에게 문노자의 기억은 일부만 존재한다는 것이었다.

"그러니 아무리 캐도 소용없어."

필귀가 허허 웃었다. 나 역시 노인처럼 허허허허 웃었다. 문제는 내 불안감이 대화를 요청하기 전보다 더 커졌다는 것이다. 애니멀 메이킹이라는 무단 침입자를 잡는 데 나의 역할은 점점 작아지고 있지 않은가. 나는 마른침을 삼키며 물었다.

"내가 뭘 더 해야 보탬이 될까요?"

필귀는 뜸을 들이지 않고 즉각 대답했다.

"무슨 소리야, 이미 충분히 보탬이 되고 있잖아. 한스를 찾아낸 게 누군데 그래?"

감사하다는 말을 하기는 했지만 궁색한 느낌이었다. 더구나 통제가 점점 어려워지는 한스를 떠올리면 마음이 무거웠다. 대화를 끝내려고 하는데 필귀가 한마디 덧붙였다.

"홍리! 너한테서는 따뜻하고 좋은 피가 흘러, 그러니 자신을 믿어."

내게서 따뜻하고 좋은 피가 흐른다는 말은 열 번쯤 들었던 것 같다. 무슨 근거로 그런 말을 하는지 생각하고 싶지 않다. 근거 따위는 없을 테니까.

나는 주차가 안전하게 되었다는 것을 확인하고 차에서 내
렸다. 어떻게든 양갈비 선물 세트는 처리하고 가는 게 맞았
다.

7

왼쪽 모퉁이를 돌아서 가십시오

허름하고 소박한 건물에 마당숲이라는 팻말이 붙어 있었다. 어린이집이라고 했으나 아이들의 모습은 일절 보이지 않았고 말소리도 들리지 않았다. 출입문은 잠겨 있었다. 뿡뿡 경비가 미리 연락이라도 해 놓았다면 좋았겠지만 그렇지는 않았다. 양손에 들고 있던 양갈비 선물 세트를 출입문 앞에 내려놓고 벨을 눌렀다. 반응이 없었다. 문을 두드렸을 때도 마찬가지였다. 이런 경우 어떻게 해야 하는지 정답은 쉽게 떠올랐다. 문 앞에 두고 가면 그만이었다. 주변을 둘러보니 다른 누군가가 양갈비를 훔쳐 갈 것 같지도 않았다. 마지막으로 한 번만 더 문을 두드려 보고 가야겠다고 생각할 때였다. 우연히 건물 안을 들여다보았더니 삼각대로 만들어진 키 작은 안내판이 보였다.

건물을 돌아가서 계단으로 내려오십시오.

아하! 다시 양갈비 세트를 들고 힘겹게 건물을 돌았다. 두 번 나르기가 싫어 한꺼번에 들었다가 도중에 끈 하나를 놓쳤고 포장된 것을 바닥에 떨어뜨렸다. 그때 내 옆에 다가와 있던 누군가 그것을 집어 들었다.

키가 큰 중년 사내가 말했다.

"안녕하세요?"

덩치도 크고 잘생긴 데다 몸가짐에서 나타나는 태도에서 왠지 모를 품위가 느껴졌다. 눈동자는 칠흑 같은데 피부는 하얀 편이었다. 하지만 1분에 한 번씩 마른 코를 들이마시느라 얼굴 근육을 8자로 일그러뜨리는 우스꽝스러운 모습을 연출했다. 틱 같았다. 나는 그의 명품 얼굴에 현혹됨과 동시에 어쩔 수 없이 인상을 찌푸렸다.

"안녕하십니까?"

뺑뺑 경비가 이걸 갖다 드리랍니다, 했더니 안 그래도 방금 전해 들었다며 웃었다. 사내와 나는 자연스럽게 양갈비 세트를 나눠 들고 계단을 내려갔다. 지하 1층을 지나쳐 지하 2층까지 단숨에 내려갔으나 어디에도 사람은 보이지 않았고 말소리도 들리지 않았다. 내 입에서 무심한 한마디가 튀어 나갔다.

"듣기로는 어린이집이라고 하던데 어린이는 한 명도 보이지 않는군요."

"아이들이 보고 싶습니까?"

"아니, 뭐 그렇다기보다."

"아이들을 보여 드릴 테니 따라오세요."

사내를 따라 지하 4층까지 계단을 밟고 내려갔더니 아이 우는 소리가 들렸다. 중환자실 간호사처럼 마스크까지 단단히 착용한 여성이 다가오자 사내가 자신의 아내라며 소개했다. 여자는 사내보다 스무 살쯤은 아래로 보였다. 소심한 성격인지 말이 없었고 내 얼굴을 정면으로 보지도 않았다. 사내가 옷가지가 잔뜩 든 바구니를 정리하는 틈에 여자는 어딘가로 사라졌다. 나는 두 손으로 조명에서 흘러나오는 빛을 가리고 유리창 안쪽을 들여다보았다. 아기 요람이 두 개 있었다. 보모도 한 명 보였다. 외관과 비교하면 내부 시설은 훌륭한 것 같았다. 사내와 보모의 행동을 보고 위생이나 청결에 특히 신경 쓴다는 인상을 받았다.

요람 속 아이와 눈이 마주쳤다고 느껴 나도 모르게 까꿍, 까꿍 하면서 발돋움을 했다. 어느새 다가온 사내가 아이의 이름이 요리라고 알려 주었다.

"요리요? 부모가 너무 성의 없이 지은 이름 아닙니까? 하하하."

"그런가요? 하지만 전통을 고려해 심사숙고해서 지은 이름입니다. 저에게는 더할 나위 없이 소중한 아이입니다."

"아, 당신이 아버지군요."

"네, 제 이름은 박두가입니다."

나는 내 이름을 말하는 대신 키가 무척 크다는 둥 부질없는 소리를 늘어놓았다.

"혹시 수백 년 전 제주도에 표류했다가 조선인으로 귀화한 네덜란드인 박연을 아십니까?"

박두가가 물었다.

"저는 그분의 19대손입니다. 저희 조상께서 조선에 정착해 사는 데 결정적인 도움을 준 건 바로 그분이 가지고 온 인도 카레였답니다. 그것으로 한 여성의 마음을 사 결혼을 했고 아이들을 낳아 길렀지요."

요리라는 이름의 내력을 설명하는 것 같았다. 그렇다고 아들 이름을 요리라고 지어야 하나. 나는 요리라는 이름이 전통을 이어받아 훌륭한 것 같다고 말재간을 부렸다. 엄지를 치켜들기도 했다. 하지만 실은 박연이 누군지 알지 못했다. 네덜란드인의 후손이라고? 그런데 요리 옆의 다른 아이도 그의 아이라고 했을 때는 놀라지 않을 수 없었다.

"쌍둥이인 모양이군요. 키우느라 힘드시죠?"

"아닙니다. 아이들은 약간의 시차를 두고 태어났습니다.

요리는 9개월, 그 옆에 누리는 5개월 되었습니다. 다음 달이면 또 아이가 태어납니다. 아내가 임신 중이거든요. 이름은 명리라고 이미 지어 두었습니다."

"아!"

신음인지 감탄인지 모를 소리를 내고 말았다.

사람들은 전 재산을 동원해 원하는 도시로 편입되면 잘 움직이지 않았다. 집이 일터이고 카페이며 술집이므로 움직일 필요가 없었다. 여행 욕구가 생기면 집에서 가상 현실로 들어가 놀다 나오면 됐다. 가족 간의 결속도 대체로 돈독한 편이었다. 하지만 이상하게도 아이는 잘 태어나지 않았다. 환경 오염 탓이라는 이야기는 누구나 식상해했고 믿지도 않았다. 집 밖에서 집 안을 들여다보면, 좀처럼 움직이지 않고 가만히 앉아 있는 게 문제라는 것을 누구나 다 알고 있었다. 타인 때문에 몸이 달아오르거나 분개하는 것은 이해할 수 없는 일인 데다 야만에 가까워서 떠돌이 구역에서나 일어날 만한 일이었다. 설사 그런 일이 시작되고 스스로 감지하더라도 초기 단계에서 알맞게 조절되었다. 정치가들은 그것을 '진압'이라고 불렀다. 인간이 가진 불가해한 기질이나 돌발 요소를 어느 정도 통제할 수 있게 되었다는 의미다.

이러한 시대에 아이를 하나도 아니고 둘도 아니고 셋씩이나 낳다니. 사내가 정상으로 보이지 않았으나 따뜻한 말 한

마디는 해 주고 싶었다. 가끔 내 안에서 무의미하지만 이상한 각성이 일어났다가 사라지듯 사내 역시 여러 감정에 코가 꿰인 것 같은 순간을 경험하면서 살고 있을지도 모르는 일이므로.

"고생 많으십니다. 뿡뿡 경비가 왜 양갈비 세트를 갖다 주라고 했는지 알 것 같아요."

사내가 8자로 코를 들이마시고 난 뒤 9자에 가까운 미소를 지었는데 그 순간의 표정이 밝다고 말하기는 힘들었다. 눈동자와 피부색의 언밸런스가 더 극대화되는 느낌이랄까. 사내는 명리를 보여 주겠다며 인공 자궁이 있는 곳으로 나를 데려갔다. 나로서는 처음 보는 장치이고 내부를 들여다볼 수 있는 상황은 아니어서, 인공 자궁이라니까 그런 게 있구나 하는 심정이었다.

그런데 그때였다.

어디선가 둔탁한 소리가 들렸다. 음식점 주방에서 요리가 나왔을 때 홀에 알리려고 사용하는 소리였으나, 소리가 울려 퍼지는 것을 막기 위해 손바닥으로 일부를 움켜쥔 것 같았다. 사람들의 움직임이 후다닥 도드라졌다. 검사가 왔다는 외침과 함께 아내라는 젊은 여자가 위층에서 뛰어와 요람이 있는 곳으로 달려갔고, 보모는 아이를 안아 가볍게 흔들어 댔다. 검사가 오다니, 이해가 가지 않았다. 사람 사이의 갈등을 공정하게 해결하려고 필요했던 직업은 사라진 지 오래되었다고 들었다. 그때 사내가 서두르면서도 익숙한 동작으로 나를 잡아당겨 커튼 안쪽으로 떠밀어 넣었다.

윙.

나는 빙빙 돌다가 어딘가로 던져지듯 처박혔다. 눈을 뜨고 정신을 차려 보니 적당한 크기의 방이 보였으나 왠지 모르게 답답한 느낌이 들었다. 제일 먼저 한 아이와 눈이 마주쳤다. 누군가 공들여 깨끗이 씻긴 아이였지만 웃음기 없는 우울한 표정으로 나를 뚫어져라 쳐다보았다. 옆에는 깨끗하기 이를 데 없는 다른 아이 한 명이 더 있었는데 앉은 채로 나를 돌아보고 있었다. 둘 다 마르고 빈약해 보였다.

"안녕?"

세 살쯤 되었을까. 아이들은 레고 쌓기를 하고 있었다. 나는 딱히 할 일도, 할 말도 없어서 적당히 들여다보다가 일어나 내부를 관찰했다. 벽에 '모든 공간에는 이웃이 있다. 그 이웃은 또 다른 이웃과 연결된다.*'라는 문구가 적혀 있지만 역설적이게도 출구는 완벽히 봉쇄되어 있었다. 심지어 내가 어디로 들어왔는지도 알기 어려웠다. 오직 텅 빈 방 안이었고, 보이는 거라곤 허접한 레고와 책 들이 전부였다. 나는 책 하나를 집어 들고 제목을 읽었다.

왼쪽 모퉁이를 돌아서 가십시오.

책을 넘겨 보니 평범한 그림책이었다. 나와 등지고 앉은 아이들을 힐끗거리면서 글자를 소리 내 읽었다.

안녕, 얘들아.
이제부터 재미난 꼭두각시놀이를 할 거란다.
그런데 난 목소리만 나와, 부끄럼이 아주아주 많거든.

거기까지 읽고 나서 아이들의 반응을 살폈다. 아이들은 레고를 만지작거렸지만 나의 목소리와 움직임에 신경을 곤두세우고 있다는 것을 알 수 있었다. 나는 내용을 조금 건너뛰어 더 읽어 나갔다.

내 손자 녀석 좀 찾아봐야겠네.
어디로 갔는지 보이지를 않아.*

나는 다시 읽기를 멈추고 아이들을 쳐다보았다. 네 개의 눈동자가 한마음으로 나를 바라보고 있지만 나는 그 마음이 무엇을 뜻하는지 조금도 알지 못했다.
"난 이제 가 봐야겠구나."

일어서긴 했지만 어떻게 그곳을 빠져나갈 수 있는지 알수 없었다. 아이들에게 물어보려다가 말았다. 그걸 알면 거기에서 레고나 만지며 있을 턱이 없었다.

십여 분간 방 안을 빙빙 돌면서 불안감을 드러냈더니 한아이가 어정어정 걸어와 책 하나를 내게 건넸다. 자세히 보니 아이의 가슴에는 명찰이 달려 있었다. 수리라는 이름이었다. 다른 아이의 가슴에는 지리라고 적혀 있었다. 모두 사내의 아이들인가. 나는 끔찍한 생각이 들어 고개를 내저으면서 수리가 건넨 책 표지를 읽었다. 거기에도 '왼쪽 모퉁이를 돌아서 가십시오.'라고 적혀 있었다.

나는 신경질이 나서 책을 던지듯이 내려놓았다. 그랬더니 지리가 일어나 다시 내게 책을 건네면서 손가락으로 그 글자들을 짚고 길게 끌더니 고개를 까딱 움직였다.

"뭐라는 거야?"

그때 머릿속에 정답이 떠올랐다. 우선 왼쪽을 찾아야 할 것 같았다. 그러고 나서야 의식하게 된 것은 방 안이 사각형이 아니라 동그라미라는 사실이었다. 동서남북의 개념도, 왼쪽과 오른쪽의 개념도 쓸모가 없었다. 패배감이 밀어닥쳤다.

난 이미 잘렸을지도 몰라. 엉뚱한 곳에서 이토록 시간을 끌고 나중에 합리적으로 설명할 방법조차 찾지 못한다면 필귀도 나를 도울 수 없을 것이다. 그러면 "너한테서는 따뜻하고 좋은 피가 흘러."라는 신비로운 격려의 말도 다시는 들을 수 없겠지. 아니다, 우선은 여기서 벗어나야 하는데 나갈 수 없다는 게 문제다. 저 아이들처럼 알 수 없는 이런 공간에 갇혀 배틀배틀 말라 죽을 수는 없는데.

"여보세요? 거기 누구 없어요?"

벽을 힘껏 두드린 다음 반응을 살피려고 귀를 갖다 댔다. 대답은커녕 주먹만 아팠다. '모든 공간에는 이웃이 있다. 그 이웃은 또 다른 이웃과 연결된다.'라는 문구에 다시 한번 주의를 기울였다. 벽을 한 뼘씩 눌러 보며 구멍이 있나 없나 살폈다.

구멍은 어떻게 발명되는가.

중요한 것은 믿음이라는 생각이 들었다. 어딘가 반드시 있으니 포기하지 않으면 결국 찾아낼 거라는 믿음.

그때 수리가 책 한 권을 들고 다시 다가왔다. 방금 전 다짐과는 달리 나도 모르게 짜증이 나서 책을 빼앗아 내동댕이치고 아이의 멱살을 잡았다.

"왼쪽이 없잖아. 왼쪽 모퉁이가 있어야 돌아서 가든 말든 할 거 아냐?"

내 힘에 격하게 떠밀린 수리는 저만치 나가떨어졌다. 생각해 보면 글자를 채 익히지도 못했을 나이였다. 수리는 울상을 지었지만 울지는 않았다. 울 줄도 모르고 말할 줄도 모르는 바보 같은 아이라는 생각이 들어 미안하다고 사과했다. 바닥에 주저앉아 여기서 나가야 하니 도와 달라는 말도 덧붙였다. 엄마 이야기도 전했다. 춥고 어두운 곳에서 홀로 떨고 있을 엄마를 구해야 한다며 울먹였는데, 그게 출구도 없는 곳에 갇혀 있는 아이들 앞에서 할 소리냐는 목소리가 내 마음을 스쳐 갔다.

그때 지리가 몸을 벌떡 일으키더니 나에게 일어나라는 손짓을 보냈다.

우리는 서로를 바라보았다.

나는 말했다.

"왼쪽이 어느 쪽이야?"

아이는 고개를 가로저었다.

"왼쪽이 없다고?"

아이가 고개를 끄덕였다. 처음으로 의사소통이 이루어진 것 같아 약간 힘이 났지만 왼쪽은 있지도 않다고 하니 도대체 무슨 소용인가. 그때 아이가 내가 서 있는 곳을 검지로 짚었다. 그러고는 나를 밀어내고 자신이 그 자리에 섰다. 아이는 잠깐 나를 바라본 다음 그 자리에 나를 다시 세웠다.

"아, 여기가 왼쪽이야?"

아이가 고개를 가로저었다. 그리고 손가락으로 다시 내 자리를 짚었다.

“여기서 왼쪽?”

마침내 아이가 고개를 끄덕였다. 드디어 내가 동그라미 방의 규칙과 표현을 이해했다는 표정이었는데 나는 마냥 기뻐할 수 없는 처지라 어정쩡하게 웃으며 아이를 향해 뻗었던 손가락을 거두었다.

8

궤도의 바깥

나는 갑자기 어떤 것의 바깥으로 내팽개쳐졌다. 커튼 같기도 하고 기차 레일 같기도 한 것을 지나친 기분이었다. 고개를 들어 살피다가 마당숲이라는 간판을 발견했다. 그러고 보니 내가 서 있는 곳은 건물 앞이었다. 지하 계단을 내려간 후 바깥으로 나온 기억도 없지만 건물 뒤에서 앞으로 이동한 기억은 더더욱 없었다. 현관문은 여전히 잠겨 있었다. VR 체험을 한 것처럼 뭔가에 홀린 느낌이었다. 차는 주차장에 그대로 있었다. 양갈비를 들고 도착한 후 한 시간 가까이 지난 것 같았다. 마스터에게 이 시간에 관해 어떻게든 해명해야 했다. 노르마칩은 불가해한 나의 경험을 엉뚱하게 추측해 이미 중앙 서버로 보냈을지도 모른다.

「어디세요?」

메시지 박스에 한스의 질문이 들어와 있었다. 나는 A-city를 향해 출발했고 십여 분 뒤에 집에 도착했다. 한스가 서류 하나를 내밀었다.

"김삼인 씨는 죽었지만 동생은 살아 있습니다."

"김삼인 씨라니?"

"무인 버스에 탔던 맹인 말입니다."

"아!"

나는 손바닥으로 양 볼을 탁 쳤다. 정신을 차릴 필요가 있었다. 맹인의 동생은 김춘호라고 했다. 노른시에서 작은 식료품 가게를 하는데 공교롭게도 물건을 뿡뿡에서 받았다. 김춘호는 보너스 같았다. 나라면 이런 식의 뒷조사는 상상도 하지 못했을 것이다.

"지금 당장 김춘호를 찾아가 만나 보십시오."

그는 영업에만 몰두할 뿐 한눈팔지 않는 사람이고, 복제 인간의 경비 없이 생계형 가게를 꾸려 화장실을 갈 때도 출입문을 잠근다고 했다. 김춘호의 가게가 문 닫기를 기다리는 동안 화성 사무실에서 필귀와 이야기를 나눴다. 나는 몇 시간 전에 참을 수 없는 두통을 경험했다고 털어놓았다.

"두통이라고? 고장 난 거 아니야?"

"그렇지는 않은 것 같습니다."

두통만 빼면 두드러지게 보이는 하자는 없었다. 백은 시장도 노르마칩이 완전하다고 선언한 적은 없다. 오히려 아직은 부족해서 Nell3의 개발에 박차를 가할 수밖에 없다는 식이 었다. 나는 불과 몇 시간 전에 동그라미 방에 갇힌 아이들을 보았고 나 역시 그 안에 붙잡혔다가 겨우 풀려났다고 말하고 싶어 입이 간질거렸다. 혼자 안고 있기에 너무 불안하고 무겁고 외로웠다. 더구나 아이들을 내버려 두고 혼자만 빠져 나온 게 마음에 걸렸다.

'넌 이웃을 팽개친 거야.'

누군가 귀에 대고 이런 말을 속삭이는 것 같았다. 빌어먹을 '왼쪽 모퉁이를 돌아서 가십시오.' 같으니라고!

그런데 그 아이들은 왜 거기 있는가. 모두 박연이라는 네덜란드인의 후손이란 말인가. 그 아이들은 갇혀 있는가, 아니면 보호되고 있는가.

동그라미 방에서는 왼쪽이 많았다. 내가 서 있는 한자리에서도 무한대의 왼쪽이 존재했다. 나를 모든 것의 중심으로 지정해야 거기서 빠져나갈 수 있다는 것을 알았지만 다음에는 더 지겨운 난코스가 기다리고 있었다. 돌아서 가려면 모퉁이를 찾아야 했는데 아이들에게 물어보니 책 제목을 손가락으로 짚으며 길게 줄을 긋는 시늉만 반복했다.

그런데 어느 순간 기적처럼 내 안에서 '돌아서 가십시오.' 라는 말이 산산이 쪼개졌다. 거기에는 엄청난 고통이 뒤따랐다. 쪼개지는 게 내 머리통 같다는 생각이 들 정도였다. 두통을 참으며 왼쪽으로 15도쯤 되는 지점에서 임의로 모퉁이를 설정한 다음, 뱅글뱅글 돌면서 이동했다. 그러자 커튼인지 기차 레일인지 불분명한 것의 바깥으로 팽개쳐질 수 있었다.

나도 모르게 궤도 밖으로 튕겨 나간 것 같았다.

생각해 보면 이미 한스를 처음 만날 때부터 이런 일이 시작되고 있었다. 노르마칩을 하고 있지만 그것의 영역 밖으로 나와 버린 것 같았다. 나나의 신음을 복창했다는 것부터 얼마나 황당한 소리인가. 필귀에게는 모든 것을 말하고 싶었고, 필귀니까 털어놓고 싶었다. 그리고 실컷 울고 싶었다. 필귀가 우는 나를 안아 준다면 더 바랄 것이 없겠다. 하지만 무슨 말을 어떻게 전한단 말인가. '저는 방금 왼쪽 모퉁이를 돌아서 나왔어요.'라고 해야 하나?

"혹시 노른시에 어린이집이 있다는 말 들어 보셨어요? 이름이 마당숲이라는."

"그래?"

순간 필귀의 눈빛이 야릇하게 반짝거렸고 콧구멍이 팽팽하게 벌어지면서 속을 드러냈다. 나는 그가 마당숲을 알고 있다는 것을 알아챘다. 여차하면 보고 사항을 누락했다고 오해를 받을 수 있는 상황이라 재빨리 모든 것을 털어놓겠다는 태세를 했더니 필귀가 이렇게 물었다.

"거기 갔었어?"

"아? 네. 어쩌다가."

"안에 들어가 보지는 않았지?"

"들어갔습니다. 갇힌 줄 알았는데 다행히 빠져나왔어요."

내 목소리가 점점 기어들어 가고 있었지만 그 이유를 정확히 몰랐다. 필귀가 다른 업무를 보려고 3분가량 자리를 비운 틈에 마음을 가다듬을 수 있었다. 나는 겪은 것을 부랴부랴 털어놓기보다 방어적인 자세로 질문하는 쪽을 택했다.

"혹시 마당숲을 감시하는 중인가요?"

"글쎄, 그럴 필요가 있을 것 같아?"

"제 눈에는 이상한 곳 같았습니다."

"이상하지."

"공장 같은."

"그래. 맞아."

더는 말해 주지 않았지만 필귀의 공감이 큰 힘이 되는 순간이었다.

외근이 잡혀 있기도 해서 우리는 함께 밖으로 나왔다. UA도 알게 되고 마당숲도 가 보았지만 정해진 길과 정해지지 않은 길의 차이를 알 수 없었다. 왼쪽 모퉁이에서 궤도 밖으로 튕겨 나온 것이 잘된 일인지 잘못된 일인지는 더더욱 모호했다.

길은 누가 정하는 걸까. 나는 어디로 안내되는 걸까.

　김춘호의 가게가 문을 닫기 10분 전에 도착했다. 왠지 미안한 생각이 들어서 물건 몇 개를 집어 장바구니에 넣었는데 알고 보니 모두 양갈비였다. 역겨운 느낌을 참고 있다가 마지막 손님으로 위장해 계산대로 다가갔다. 금액이 꽤 나와서 후회되었으나 물릴 수는 없었다. 가게에는 뿡뿡에서 만든 양갈비 말고는 파는 게 없었다. 나는 골라 담은 물건을 밀어놓고 지나가는 말처럼 용건을 흘렸다.

　"혹시 나나라고 기억나십니까?"

　포장지에 물건을 넣던 그의 손길이 약 1초가량 멈추었다가 다시 움직였다. 예상과 달리 그는 얼굴이 길고 키는 작았으며 마른 편에 속했다. 뭐 하나만 계산이 틀리게 나와도 자기 뺨을 때리며 구시렁거릴 것 같았고, 그러고 나서도 계산이 맞지 않으면 다른 사람을 때릴지도 모른다는 생각이 드는 얼굴이었다.

　나는 재빨리 딴소리를 늘어놓았다.

　"F-30b(양갈비)는 구워 먹는 것 말고 다른 요리법이 있을까요?"

　내 눈을 응시하던 그가 호들갑을 떨었다.

　"아, 아 손님! 물론 다른 요리법이 있습니다. 혹시 괜찮으

시다면 제가 F-30b의 새로운 요리법을 설명할 기회를 주시 겠습니까?"

"물론입니다. 듣겠습니다."

"제가 매대를 정리할 동안 잠깐 저 안에 들어가 계십시오. 가정식 카페가 있습니다. 정리되는 대로 들어가 설명하겠습 니다."

김춘호가 자기 집 카페에 나타난 것은 20분 뒤였다. 그는 화장실로 들어가 꽤 공들여 손을 씻었고 핸드 드라이어로 말린 다음 로션을 바르면서 다가와 내 앞에 앉았다.

"나나는 어디 있습니까?"

먼저 말을 꺼낸 것은 김춘호였다. 그는 날카로운 표정과 긴장감을 숨기지 않았고 자꾸만 소매를 걷어 손가락 하나로 팔뚝을 긁었다.

"저야말로 나나를 기다리고 있는데 말입니다."

김춘호는 양손을 주먹으로 만들어 테이블 위에 올려놓았 다. 남하고 싸워서 이겨 본 적이 없는 작고 무례한 주먹이지 만 강단은 있어 보였다. 강단이란게 별것 아니다. 나는 아무 이유 없이도 너를 죽일 수 있다는 메시지가 상대에게 먹히 면 된다.

엄마도 강단 있는 사람이었다. 전파 바이러스로 대규모 정 전을 겪고 반년 만에 세 사람을 죽였고, 흔적을 없애려고 남의 공장에 불을 질렀다.

나는 카페테리아에서 뽑은 뜨거운 커피를 후루룩 마시다가 입을 데어 캑캑거리면서 종이컵을 내려놓았고, 곧 나나에 대해 내가 아는 사실 전부를 아끼지 않고 털어놓았다. 김춘호가 몇 가지 내용을 보탰는데 나를 충격에 빠트리기에 부족함이 없었다.

"나나 아버지는 제 직장 동료였습니다. 우편배달부 일을 얻기까지 고생을 무진장했지요. 하지만 말도 없이 제 우편물 가방을 가지고 사라지는 바람에 저는 해고되었고, 우편물을 잃어버린 사람들에게 피해를 변상하느라 알거지가 되었습니다. 제가 원하는 건 나나의 아버지를 찾아 피해를 변상받는 거였습니다. 그런데 그는 A-city 돌마빌딩으로 들어간 뒤로 나오지 않았고, 거기서 흉한 일을 겪다가 끝내 죽었다고 들었습니다. 이제 남은 목표는 나나를 찾는 것입니다. 나나를 만나 나나 아버지가 제게 끼친 피해를 변상받아야겠습니다. 도대체 나나는 언제 나옵니까?"

나는 얼어붙은 표정으로 가만히 있었다. 문제는 그가 나나에게 연대 책임을 씌우겠다는 게 아니라 그의 착오에 있었다. 나나가 어디 있는지도 모르는데 언제 나오냐고 묻다니. 김춘호는 김삼인 씨의 동생이 맞는 걸까.

"김삼인은 제 형이 맞습니다. 형은 나나 때문에 죽었고 저는 나나 아버지 때문에 재산을 탕진했습니다. 세상에 이런 기막힌 인연이 있을까요."

나는 고개를 끄덕이면서 나나가 있다고 짐작 가는 데가 있는지 물었다.

"당연히 돌마빌딩에 있겠지요. 그랬으니까 나나 아버지가 그곳으로 가지 않았겠습니까?"

"아."

나는 그렇게 생각할 줄 알았다는 손짓을 취하면서 종이컵을 내려놓았다. 보안국 요원이 돌마빌딩을 들락거릴 때마다 백은 시장은 기분 나쁜 내색 없이 마음껏 내부를 돌아다니고 살펴보라며 배려해 주었다. 직접 노르마칩의 새로운 버전인 Nell3의 원리를 설명해 준 적도 있었다.

Nell3는 도시의 평화와 안전을 보장하는 믿음직한 장치이고 백은 시장이 평생에 걸쳐 공들인 사업이었다. 〈Nell〉 시리즈는 버전이 높아짐에 따라 패턴의 용량도 늘어났다. 한국뿐 아니라 인류 전체가 A-city 네트워크의 통제권 안으로 들어오게 될 것이라는 설명을 들었을 때는 괜히 내 어깨가 꼿꼿해졌다. 물론 돌마빌딩과 백은 시장에 관한 악의적인 소문을 모르는 바는 아니었다. 마스터는 A-city 직원들을 전략적으로 인터뷰해 그들 간의 뉘앙스 차이를 낱낱이 파악하고 기록해 대조한 적도 있었다. 하지만 아무런 꼬투리도 잡을 수 없었다.

그 사실까지 말할 수는 없었지만 A-city를 충분히 조사했다고 했더니 김춘호가 곧바로 받아쳤다. 당신들이 알아본 것은 돌마빌딩 아닙니까. 그리고 곧장 나오지 말아야 할 단어가 나왔다.

"UA를 조사해야 하는 거 아닌가요?"

"UA라니, 무슨 소리를 하는 겁니까?"

나는 보안국의 유망한 수습 요원으로 돌아가 안간힘을 다해 그를 제압하고자 했다. 그러자 김춘호가 움찔했다.

"애니멀 메이킹을 완성하면 나나는 쓸모없어질 겁니다."

"애니멀 메이킹이라니요?"

누가 그런 소리를 하냐는 말을 할 틈도 없었다. 김춘호가 지금까지와 다른 차원의 사나움을 드러내더니 탁자를 쾅 내리쳤다.

"애니멀 메이킹은 나나의 스토리잖습니까? 그것도 모르면서 나나를 찾는 겁니까?"

"나나의 스토리? 그럼 나나가 애니멀 메이킹이라는 겁니까?"

황당했다. 김춘호는 더 황당해하는 것 같았다.

9 / 표본 인간 연구 프로젝트

집으로 갔더니 한스가 그동안 조사한 내용을 깔끔하게 정리해 보여 주었다. '표본 인간 연구 프로젝트'라는 제목까지 붙여 놓았다. 최신형 노르마칩인 Nell3의 원리가 이전의 〈Nell〉 시리즈와 잘 비교되어 있었다.

"살펴보시고 모르는 게 있으면 물어보십시오."

"웬 잘난 척이냐?"

"다 읽고 나면 나나에 대해 더욱 궁금해지실 겁니다. 그러라고 정리한 파일이니까요."

"나나는 어딘가에서 잘 살고 있지 않을까? 최소한 떠돌이 구역에 있는 게 아니라면 말이야."

"궁금하지 않다는 뜻인가요?"

"그럴 리가. 애니멀 메이킹은 내 미래와도 결부돼 있어."

어딘가로 이동하다가 나도 모르게 나나 생각을 할 때가

있었다. 나나와 애니멀 메이킹의 연결 고리를 찾아야 한다는 강박도 있지만 그보다는 인간적인 호기심이랄까, 순수한 궁금증도 없지 않았다. 특히 나나가 납치되었다고 생각하는 순간 이상하게도 동그라미 방에 남겨 두고 온 아이들이 떠올라 괴로웠고, 심각한 두통이 일어나면, 유괴된 것은 나나가 아니라 나일지도 모른다는 느낌에 사로잡혔다. 각도를 달리하면 새로운 환경에 처한다는 것 자체가 유괴되어 다른 세상으로 끌려 나와 사는 것이나 다름없는 일이다.

"오늘 아침에도 나나의 음성을 들었습니다. 나나의 상황은 급박해져 가는데 저는 기껏 책상 앞에 앉아 쓸데없는 서류나 정리하고 있다니요."

한스는 나나를 구하고 임무를 완수하면 소멸하는 것이 꿈이라고 했다. 나나가 살아갈 이유라는 말이었다. 그렇다면 나는? 섭섭한 마음을 감추고 자리로 가 '표본 인간 연구 프로젝트'를 살펴보았다. 다 읽고 나니 신기하면서도 황당했다. 인간의 살에는 지구에 살았던 모든 생명체의 에너지가 압축되어 있다는 것을 어떻게 이런 식으로 해석했을까.

"이게 백은 시장의 관점이라고?"

"저는 그렇게 파악했습니다."

"백은 시장은 우리가 그동안 동물이든 식물이든 닥치는 대로 먹었고 그것을 에너지로 해서 인류 문명을 부흥시켰다는 걸 상징적으로 표현했을 뿐이야. 그런데 그걸 인간의 살에서, 지금은 사라진 동식물의 유전자를 채취해 되살릴 수 있다고 이해한다면 웃기잖아. 그건 연구도 아니고 학문도 아니지. 의사가 할 일은 더더욱 아니고."

"그렇습니다."

"뭐가 그렇다는 거야?"

"연구도 아니고 학문도 아니고 의사가 할 일도 아닙니다. 하지만 제가 조사한 바에 따르면 그런 일을 하는 사람이 바로 백은 시장입니다. 그리고 제가 문건으로 정리한 내용은 멸종된 동물의 에너지가 남아 있어 그것을 복원한다고 했지 유전자를 채취한다고 하지는 않았습니다. 다시 확인해 주십시오."

"그 말이 그 말이잖아."

"아닙니다. 백은 시장의 관점과 지금 당신이 이해한 것은 내용이 완전히 다릅니다."

한스와 옥신각신하고 있는데 필귀가 나타났다. 홀로그램이 아니라니 이례적인 일이었다. 온다는 연락을 받은 적이 없기 때문이다.

"점심 안 먹었지? 이것부터 먹고 일해."

그가 펼쳐 놓은 것은 순대였다. 김이 모락모락 날 정도는 아니지만 완전히 식은 것도 아니어서 그럭저럭 먹을 만했다.

같이 먹자고 했더니 한스는 "오, 맙소사."라며 등을 돌렸다. 유머라고는 콩알만큼도 없는 녀석 같으니라고.

"너 AI가 맞긴 하구나."

그렇게 말하고 났더니 뭔가 짜릿한 느낌이 마음을 훑고 지나갔다. 나에게 가학적인 취미가 있었나 하면서도 기분이 좋았다. 순대 덕분에 한스의 용량을 잠시 잊을 수 있었다. 어떤 의미로 나는 한스의 마스터인데 가끔 한스가 정리하고 파악한 내용을 이해하지 못했다. 이를테면 나는 나보다 더 큰 존재와 직면한 마스터인 것이다. 한스는 예의와 규칙에 따라 마스터를 상대하겠지만 언제까지 그럴 수 있을까. 결국 언젠가는 나라는 마스터의 자아가 답답하고 협소한 공간으로 느껴져 거기서 벗어나려고 하지 않을까. 인간이 만든 봇이 인간이 이해할 수도 없고 가 보지도 못한 길로 가려 한다면? 갑자기 순대 맛이 뚝 떨어졌다.

"이건 실험실에서 만든 순대가 아니야."

한스가 이질적인 여러 가지 재료를 섞어 만든 이것은 어떤 절차를 거쳐 만들어지냐고 묻자 필귀가 대답했다. 노른시 북쪽에는 이전에 군에서 사용하던 지하 벙커가 있는데 용도를 다각적으로 검토하던 중에 순대 공장이 들어섰다고 했다. 순대 자체는 전통적인 방식으로 만들어지지만 들어가는 고기와 동물의 내장, 그리고 당면은 실험실에서 나온 것이라고 했다. 이 모든 재료의 맛이 조합된 순대를 실험실에서 만들어 보려고 시도한 적은 있지만 쉽지 않았고 사람들도 선호하지 않았다고 했다. 순대 맛이란 이질적인 재료들이 입안에서 한꺼번에 씹힐 때 나타나는 것이라는 교훈만 남겼다.

그러는 사이 순대는 식어 비릿한 맛이 났다. 나는 한 개를 더 먹고 젓가락을 내려놓았다.

"누가 한스를 만들었는지 알아냈어."

한스가 아래층으로 내려가자 필귀의 눈빛이 섬세하게 움직였다. 흥분했지만 말투는 낮게 소곤거렸다.

"누굽니까?"

"곽표."

필귀가 내 표정을 훑었다. 목소리를 낮추면서 아래층의 한스에게는 비밀에 부치려는 것 같았으나 알고 보면 얼마나 어리석은 행동인가. 필귀는 그때까지도 한스의 뛰어난 청각 능력을 알지 못했다. 나는 한스가 자신의 능력을 가지고 반란군이 되려는 게 아니라고 판단해 보고를 머뭇거렸고 타이밍을 놓쳤다. 이제 와서 한스의 능력을 털어놓는다면 나만 이상한 사람이 될 것 같아 주저하는 중이었다. 어쩌면 내가 수습 요원이어서 이런 판단을 한 것인지도 모른다. 나는 가끔 열여섯을 지나면 책임감 있는 어른이 된다는 사실이 믿기지 않았다. 어른과 아이의 차이마저 통제 가능한 세상에서 딱히 어른이 될 것까지 있나 싶기도 했다.

"곽표요?"

처음 듣는 이름이라고 하자 필귀는 믿을 수 없다는 표정을 지었다. 어떻게 그럴 수 있냐는 말을 두 번이나 반복했다.

"제가 세상 사람들을 다 알고 있어야 하는 건 아니잖아요."

"너 처음 만났을 때 내가 곽표라는 과학자를 아냐고 물었는데, 기억 안 나?"

"그러셨어요?"

"동양에서 가장 유능하고 실력 있는 과학자를 모르다니 좀 슬프네. 비극이기도 하고. 너도 참 어지간하다."

필귀는 혀를 찼고 내 얼굴을 자꾸 살폈다.

"곽표는 한때 A-city 부시장이었어. 아주 오래전 일이지만."

그런데 어느 순간 부시장에서 내려오더니 공적인 임무를 맡지 않았다. 새로운 발명품을 내거나 논문을 발표하지도 않아 차츰 이름이 잊혔다. 백은 시장과 갈등이 생겼다는 소문이 돌았지만 그러다 말았다. 십여 년도 더 된 이야기였다.

"십여 년요? 한스는 자신이 2년 8개월 전쯤 만들어진 것 같다던데요?"

고물 더미에 버려졌던 위치도 그렇다. 그 정도 깊이라면 최소한 십여 년 전의 장소는 아니었다.

"도대체 곽표가 한스를 만들었다고 확신하는 이유가 뭐예요?"

필귀는 문자 때문이라고 대답했다. 한스 바디에 새겨진 Θ형 문자. 그건 A-city의 초기 로고였다. 곽표가 발명품을 만들 때 모든 제품에 Θ형 문자로 로고를 새기고 이후 지금의 A-city 전속 과학자인 광광 시대가 오면서 로고 O안의 숫자 I이 II로 바뀌었다는 것이다.

"한스가 자신이 만들어진 시점을 착각한 걸까요? 고물 더미에 버려졌으니 시간을 느끼는 게……."

"무슨 정신 나간 소리야! 팍스 아시아 뉴스도 그렇고 한스 배 속에 파일도 그렇고 하나같이 2069년 4월 21일을 가리키고 있잖아. 보안국에 신호가 나타난 것도 그즈음이고."

"그러네요."

바보 같은 소리를 했구나 싶어 정수리가 뜨거워졌다. 죄송하다고 사과했다.

"곽표의 신상은 추적해 보셨습니까?"

"기록에는 껍데기만 남아 있었어. 주소도 행적도 전혀 업데이트되지 않고 있더군. 죽은 사람처럼."

"사실 한스 목소리도 십여 년 전 버전입니다. 알고 계신지는 모르지만."

내친김에 한스의 뛰어난 청력도 털어놓았다. 필귀는 나를 힐끗 쳐다보았을 뿐 가타부타 말하지 않았다. 남은 포인트는 하나였다. A-city가 공식적으로 다른 로고를 사용하고 있을 때 곽표는 자신이 만든 봇에다가 구버전의 로고를 새겨 넣었고 구버전의 음성을 사용해 의문을 드러냈다. 왜 그랬을까. 의도적일까.

곽표는 지금도 UA 어딘가에 갇혀 실험을 계속하고 있는 건 아닐까.

10 /
UA행 엘리베이터

백은 시장은 이번에도 친절하게 나왔다. 백옥같이 빛나는 하얀 투피스에 화려한 챙과 레이스로 장식된 모자를 쓰고 나와 돌마빌딩 지상 54층과 지하 6층 구간을 자유롭게 다니면서 볼일을 보라고 했다. '자유롭게'라는 단어를 강조하며 팔을 펼쳐 보일 때 상의가 위로 올라가면서 허리의 맨살이 잠깐 드러났는데 평범한 아줌마라는 인상을 심어 주려고 의도적으로 한 행동이 아니었을까 짐작했다.

필귀가 찾아온 이유를 밝혔다.

"어제 오후 5시경에 51층에서 신분이 분명하지 않은 사람의 신호가 두 번이나 잡혔습니다. 보나 마나 오류로 결론이 나겠지만 저희 임무가 그런 것마저 조사해 보고하는 것이다 보니……. 위아래 층 카페며 VR룸, 전망대 같은 장소를 조용히 둘러보고 가겠습니다."

"얼마든지요. 여기는 시청이잖아요. A-city 시민이라면 누구나 조건 없이 시청 안을 돌아다닐 자격이 있습니다."

조건이 없다는 것은 사실이 아니지만 반박하지 않았다. 백 시장은 건물 내부를 자유롭게 다닐 수 있는 프리패스 카드를 건네면서 2층 엘리베이터까지 따라 나와 버튼을 눌러 주었다. '보나 마나 오류로 결론이 나겠지만'이라는 것에 관해서는 지난번과 달리 그냥 넘어갔다. 백 시장은 오류라는 말 자체를 자신의 단점을 지적하는 것으로 여겨 달가워하지 않았다. 종종 화를 내거나 어떤 오류냐고 따지고 들 때가 있었다.

한스를 데리고 51층으로 올라갔다. 51층은 전망대가 있어 사람이 가장 많이 모이는 장소인데, 돈만 내면 대형 홀로그램을 자신의 모습으로 변형시키는 장치를 이용할 수 있어서 밤마다 돈 있는 사람들이 모여 축제를 즐기곤 했다. 그곳 어딘가에서 신호가 잡혔다는 것은 사실이지만 정체불명의 신호는 언제 어디서나 잡혔다. 게다가 신호가 4초가량 나타났다가 사라져 얼마든지 그냥 넘어갈 수 있는 문제였으나 마스터를 설득해 어렵게 기회를 잡아냈다. 마스터 역시 백은 시장에 대한 의심이 깊었고, 좀 더 따지고 들면 그의 선량한 장인은 백은 시장에게 통조림 회사를 빼앗긴 뒤 A-city에서 나가 노른시에 살고 있었다.

필귀와 함께 51층 카페 라운지에서 20분가량 앉아 있다가 경비에게 허락을 받고 외곽에 있는 도로를 통해 천천히 아래로 걸어 내려갔다. 우리가 시간을 끌고 시선을 돌리는 사이 한스는 다른 일을 하고 있었다. 엘리베이터를 이용해 아래로 내려간 다음 길이 엇갈렸다는 핑계를 대고 다시 올라갔다가 다른 쪽 엘리베이터로 다시 내려갈 계획이었다. 한스가 파악할 것은 분명했다. 보이지 않는 것이 있는지 소리를 통해 간파하는 것이었다.

"날씨가 맑았다면 아마 저 먼 곳까지 보였을 텐데."

스모그가 시야를 가리고 있었지만 스모그 사이로 보이는 도시는 충분히 위엄스럽고 경이로웠으며 환상적이었다. 집채만 한 홀로그램이 고층 빌딩 이쪽에서 저쪽으로 훌쩍 건너뛰듯이 사라지는 모습이 스모그 때문에 더 신비롭고 비밀스럽게 보였다. 멀리 떠다니는 자동차들은 적정 속도를 유지하고 있었다. 중간쯤 내려갔을 때였다. 앞서가던 필귀가 시선은 전방을 향한 채 입을 열었다.

"곽표 말이야. 오래전에 딱 한 번 본 적이 있거든."

"그래요?"

무심하게 대꾸했으나 나는 그의 벌어진 콧구멍을 발견했다. 필귀가 돌마빌딩 외곽 산책로를 걸어가면서 곽표를 떠올리는 게 아주 뜬금없는 태도는 아니었다. 우리는 그가 만든 것으로 추정되는 봇을 데리고 와 UA로 들어갈 입구를 찾는 중이었다. 한스라는 이름도 곽표가 지었을까 궁금해질 때였다. 필귀는 걸음을 늦춰 보조를 맞추더니 팔을 내 어깨에 슬며시 걸었다. 그리고 깜짝 놀랄 만한 이야기를 꺼냈다.

"실은 얼굴이 너하고 똑같이 생겼다."

"곽표가요? 그거 재미있네요."

웃음이 터지고 말았다. 하지만 오래 웃고 있을 수는 없었다. 며칠 전에 곽표의 자료를 찾아 신상을 확인해 두기는 했다. 사진은 대충 보고 넘겼다. 내가 그를 닮았다고 생각할 틈이 없었다. 그런데 필귀는 무슨 의도로 그런 소리를 하는가.

"너무 닮고 같으면 설명이 필요 없어지잖아. 곽표하고 네가 그래."

잠시 후에는 그래서 나를 마스터에게 추천했던 거라고 말했다. 나는 정신을 차리기가 힘들었다. 필귀는 왜 곽표를 닮은 소년에게 도움을 주려고 했을까. 내 안에 궁금증이 자리를 잡기도 전이었다. 그는 작정한 것 같았다.

"아버지 얼굴은 기억하고 있어?"

"아니요."

"왜?"

"갓난아기인 저와 엄마를 두고 떠나 다시는 돌아오지 않았어요."

"너무하셨네."

"생일 때 선물을 보내는 것도 제가 여섯 살 때가 마지막이 었어요."

"선물은 주로 뭘 보냈는데?"

"장난감이죠, 뭐. 티칭돌이나…… 봇."

"그럴 줄 알았다."

"뭐가요?"

"티칭돌이나 봇 말이야."

"그게 뭐요?"

"내가 말하고 싶은 건…… 그렇게 멋진 아빠를 두고 얼굴에는 왜 나의 아버지는 나쁜 사람입니다라고 써넣고 다니냐는 거야."

"제가 말입니까?"

"그래, 인마. 지금이라도 아버지를 찾아보는 게 어때?"

필귀가 다시 한번 내 어깨를 잡았다가 놓았다. 아버지니까라는 말을 덧붙이고 난 뒤였다. 나는 걸음을 멈추고 5초가량 그 자리에 서 있었다. 그런 다음 필귀를 추월해 빠른 걸음으로 산책로를 내려갔다. 울지는 않았다. 속도를 내자 추락할까 봐 겁이 났고 안전에만 신경 쓰게 되었다. 길의 바깥 면이 건물 벽을 향해 약간 기울어져 애초에 추락할 염려 같은 건 하지 않아도 좋았을지 모른다.

무사히 1층에 도착하고 나서야 필귀에게 더 물어봤어야 한다는 것을 알았다. 얼굴이 닮았다고 아버지와 아들 사이라고 단정하는 건 지나친 난센스 아닌가. 다른 인종들이 우리를 볼 때는 모두 닮았다고 하지 않던가.

"더 아래로 내려가 봤으면 합니다."

지하 2층에서 합류했을 때 한스가 말했다. 우리는 서로 눈길을 주고받으면서 다시 내부 엘리베이터를 이용해 지하 3층 주차장으로 내려갔다. 돌마빌딩의 주차 타워는 독립적으로 분리되어 지하 3층에서 지하 6층까지 사용하고 있었다. 우리가 타고 온 차는 지하 5층에 주차해 놓았다. 필귀는 이미 승차한 뒤였다. 나는 다가가 문을 두드렸다.

"프리패스 카드를 반납하고 올까요?"

한스가 말렸다. 시간이 더 필요하다고 했다. 결국 함께 차 안으로 들어가 앉았다. 필귀가 잠시 마스터와 대화를 나누는 사이 나는 한스를 열고 이리저리 살피다가 장난삼아 글자를 치고 질문을 던졌다.

「UA로 들어가는 방법을 알려 줘.」

그러자 3초 만에 답이 떴다.

「드래곤볼을 일곱 개 모아 소원을 빌어 보세요.」

이런 고물 하면서 주먹으로 한스 머리통을 갈기려는데 녀석이 말했다.

"뜨겁습니다."

"뭐?"

"저 아래 말입니다. 용암이 끓는 것처럼 움직임이 요란합니다."

나는 재빨리 정신을 차렸다. 한스가 표정 없는 봇이라는 것이 아쉬웠다. 최근에 바디를 그럴듯한 중고품으로 교체했으나 얼굴은 여전히 섬세함이 떨어졌다. 그것 때문에 등록하러 갔을 때 직원들의 비웃음을 견뎌야 했다. 평범한 눈으로 볼 때 한스는 너무나 저급한 봇이라 당장 폐기하는 게 어느 모로 보나 경제적이라고 생각될 정도였다. 21세기에 말을 타고 도시를 질주하는 것과 비슷한 느낌이랄까. 그런 한스가 다른 봇이 할 수 없는 일을 하고 있다. 벽 저 너머의 소리로 공간의 생김새를 파악하고 사람의 움직임을 수집했다. 뭘 알아냈냐고 묻자 대답이 애매했다.

"건물 내부에 다른 엘리베이터가 있는 건 확실합니다. 출입구가 완전히 다른."

"어딘지는 모르고?"

"그곳에서 밖으로 나가는 입구 하나는 스캔을 마쳤습니다만."

"그곳으로 가는 법은 모른다는 거야?"

"그렇습니다."

"넌 UA에서 태어났다며? 그곳에서 나온 적 있을 거잖아."

"저는 폐기되는 청소함에 실려 있었을 뿐 어떻게 밖으로 나갔는지 알지 못합니다. 곧장 떠돌이 구역의 고물 더미로 버려졌던 것 같습니다."

자신을 그토록 허술하게 버린 것은 한스를 만든 사람이 기술을 어디까지 사용했는지 몰랐기 때문이라는 말도 덧붙였다. 어쨌거나 우리들 발밑에는 지금까지 드러나지 않았던 다른 세계가, 그것도 말랑말랑한 형태로 존재한다는 사실이 상상만으로도 가슴 터지게 했다. 혹시 납치된 것으로 짐작되는 소녀가 그 안에서 한스를 부르고 있는 게 사실이라면?

"잠깐만요."

한스가 귀를 기울이는 시늉을 했다.

"문이 열렸습니다. 이내 닫혔고요. 두 번째 엘리베이터를 찾았습니다."

약 5분간 소리 없이 집중하던 한스가 드디어 방향을 잡았다. 동남쪽으로 23도쯤 5분간 날아가 내렸다고 했다. 나로서는 도저히 이해가 가지 않았다.

"해가 지기 전에 가 보는 게 좋겠습니다."

밖으로 나가자마자 자동차를 봇 모드로 전환해 방향을 잡아 날아갔다. 순식간에 180킬로미터를 이동해 바닷가에 이르렀다. 다름 아닌 동해였다.

"이 근처 어디인 것 같습니다."

"돌마빌딩 지하로 드나드는 출입구가 여기 어디라는 거야? 그게 말이 돼?"

필귀가 한스를 나무라며 짜증을 냈다. 논리적으로 사고하라는 잔소리가 뒤따랐다. 나 역시 슬슬 동요되기 시작했다. 아무리 살펴봐도 평범하게 망가져 가는 바닷가 마을일 뿐 사람의 흔적을 발견하기 힘들었다. 더구나 그곳이 돌마빌딩과 연결되어 있다는 징후는 어디에서도 찾을 수 없었다.

일단 바다와 육지의 경계 지점을 뒤지기 시작했다. 그러다 포복하는 병사처럼 낮게 나는 비행 물체 하나를 봤다. 주상절리처럼 생긴 인공 절벽으로 날아가는가 싶더니 순식간에 사라졌다. 한스는 뭔가 들은 눈치였다.

"여깁니다."

한스가 평범한 동굴을 가리켰다. 그리고 그것의 비밀을 풀었다. 동굴 벽의 일부가 열렸다. 시스템이 모두 개방된 것은 아니지만 견적은 나왔다. 카봇을 타고서는 안으로 들어갈 수 없는 구조였다. 위험하기도 했지만 크기부터가 달랐다. 한스가 묘안을 짰다.

"늦은 밤 모두 잠들었을 때 다시 와 봐야겠습니다."

돌아가는 방향을 설정했을 때였다.

"저길 봐."

필귀가 가리킨 것은 쥐 떼였다. 붉은 고깃덩어리를 뜯으려고 수십 마리의 쥐 떼가 들러붙어 자리다툼을 벌이고 있었다.

11

내 이름은 한나입니다

"18층으로 내려가는 게 나을 것 같습니다."

동해로 뚫린 통로를 이용해 돌마빌딩 지하 7층으로 들어가는 데는 성공했으나 지하 11층쯤에서 길을 잃었다. 엘리베이터는 단절됐고 아래로 내려가는 다른 통로는 찾을 수 없었다. 30분 이상 속수무책인 상태로 대기하자 초조해졌다. 이러다 들키거나 비상 시스템이라도 잘못 건드리면 독안에 든 쥐가 될 수 있었다.

"여깁니다."

한스가 금속으로 된 평범한 벽면을 쓰다듬었다. 그곳이 엘리베이터 칸이라는 소리가 기괴하게 들렸으나 뭔가를 건드리자 놀랍게도 벽이 열리고 희미한 불빛이 나타났다. 엘리베이터가 아니라 차의 내부 같았다. 엘리베이터와 카봇의 기능이 통합되었을 거라는 짐작이 머리를 스치고 지나갔다. 재빨리 탑승한 다음 문을 닫았다.

"정말 기가 차는군."

필귀가 중얼거렸다. 내 입에서는 그런 소리조차 나오지 않았다. UA도 놀라운데 그 안에 폐쇄된 UA가 양파 껍질 속 양파처럼 더 숨어 있는 셈이었다. 마스터에게 보고하려는데 연결이 자꾸 끊겼다. 듀오 스킨마저 죽은 문신처럼 반응이 없었다. 그러는 사이 UA 18층에 도착했다. 불빛을 비추자 어두운 복도가 차가운 반사광을 내며 번쩍거렸다. 복도와 벽면은 물론 천장까지 온통 금속으로 된 재질이어서 그것을 둘러보고 있으니 이상한 공포에 휩싸였다. 벽면이 판금 기계가 되어 내가 납작해질 때까지 조일 것 같았다.

안쪽으로 걸어가 모퉁이 하나를 돌자 거대한 원형의 중심이 나타났다. 돔 형태의 숲이었다. 한스는 온실로 된 인공 정원이라고 했다. 이곳은 그가 태어났다는 지하 18층이었다. 바닥에서 천장까지의 높이는 7미터쯤 될 것 같았다. 비상등이 켜져 내부 크기와 구조가 어느 정도는 감지되었다. 식물은 여러 종류였고 군데군데 커다란 나무도 자라는 중이었다.

이번에는 반대편으로 들어갔다. 복도는 어디나 차가웠고 깔끔하게 정돈되어 있었다. 닫힌 문을 아무렇게나 열 수 없어 발소리를 죽인 채 여기저기 둘러보고 있을 때였다. 눈앞에서 휙 하고 어떤 실루엣이 나타났다가 사라졌다. 순식간이라 식별은 고사하고 그것이 실체를 가진 것인지 아니면 비상등 불빛이 특정한 각도에서 반사되어 이미지로 나타난 것인지 분간하기 어려웠다. 한스는 아무 기미도 감지하지 못했다고 했으나 나는 믿을 수 없었다. 다른 곳을 살펴보고 돌아온 필귀가 화장실에 가고 싶다고 말하는 바람에 조금 전 일은 흐지부지 없었던 일처럼 되었다.

"저 혼자 여기 남아 숨어 있으면 안 될까요?"

화장실을 찾아 들어갔을 때 한스가 말했다. 전과 구조가 너무 달라져 나나의 방이 어디인지 알 수 없다고 했다. 녀석이 수를 쓰는 게 아닐까 싶어 내 신경은 극도로 예민해졌다. 곧 나나를 만날 것이고 한스는 자신의 임무를 끝낼 것이었다. 애초에 보안국 임무에는 관심도 없던 녀석이었다. 필귀와 나는 나나를 만나야 할 처지였다. 그 순간을 위해 지금까지 달려와 나나 가까이 접근했는데 여기서 그만 나가라고?

"기다렸다가 내부를 살펴보고 감지한 다음 정보를 얻어야 움직이는 게 가능합니다. 지금은 속수무책입니다."

한스의 판단이 일리가 없는 것은 아니었다. 나나의 방이 어딘지, 문은 어떻게 열어야 하는지 알아내야 하는데 내부에서 움직임이 없다면 움직임이 생길 때까지 기다려야 한다는 이야기가 된다. 그것은 아무래도 출근 시간이 아닐까. 그때까지 지하 18층에 함께 숨어 있는 것은 말이 안 되는 것을 넘어 위험했다.

한스 혼자라면 가능할 수도 있었다. 화장실 청소함 벽에는 꺼진 봇이 다리가 들린 상태로 세워져 있었다. 오프라인 상태의 봇이 깨어나 한스를 어떻게 대할지 모르지만 은근슬쩍 묻어 있는 것이 아주 불가능하지 않을 거라는 짐작이 들었다. 화장실이 아니더라도 근처 어딘가에 잘 숨는다면 한스가 자신의 임무를 무리 없이 해낼는지 모른다. 하지만 한스가 끝까지 나를 위해서 일할 것이라는 확신은 여전히 부족했다. 한스와 나나의 매칭은 어쩌면 우리의 임무와 상반되는 것인지도 모르는 일 아닌가. 나와 같은 생각을 하는 것인지 필귀도 선뜻 결정하지 못한 채 망설였다. 우리가 화장실에서 나와 복도로 막 나서는 순간이었다.

갑자기 어떤 감각이 시야를 압도했고 모든 것이 하얗게 지워졌다. 발각되었을 거라는 생각에 정신이 아득해졌다.

"저쪽입니다."

인간이 자신에게 주어진 감각 속에서 허우적거리는 동안 한스는 냉정하면서도 정확하게 상황을 파악했다. 정신을 수습하고 봤더니 온실 쪽에 조명이 켜져 있었다. 불은 들어왔지만 비상등은 아닌 것 같았다. 원형으로 된 통유리 내부를 살피며 걷다가 기겁을 했다. 한스는 이미 온실 안으로 들어가 있었고, 나무에 앉아 있던 소녀가 밑으로 뛰어내리는 중이었다.

나는 출입문을 찾아 안으로 들어갔다.

"나나?"

한스의 말에 심장이 멎을 것 같은 긴장감이 감돌았다. 소녀의 뒷모습은 왠지 모르게 낯이 익었으나 그럴 리가 없었다. 필귀 역시 곁으로 다가와 상황을 주시했다. 소녀는 대답하지 않고 식물과 식물 사이를 경쾌한 걸음으로 돌아다녔다. 키가 훤칠했고, 허리까지 덮은 머리카락에는 비눗방울 같은 굵은 컬이 여기저기 맺혀 있었다. 영상에서 보았던 사각턱의 소녀와 연결이 되지 않았다. 오히려 다른 곳에서 알던 사람 같았으나 그곳이 어딘지 분명하지 않았다. 눈은 크고 속눈썹이 짙었으며 얼굴형은 동글동글 귀여웠다. 한스는 도대체 무슨 이유로 그녀를 나나라고 믿는가.

"나나, 나 한스야. 이제야 네 곁으로 돌아왔어. 늦어서 정말 미안해."

소녀는 한스를 바라보았으나 곧 몸을 움직여 튤립과의 어떤 꽃 무덤을 들여다보았다. 손으로 건드리거나 향기를 맡지는 않았다. 어디선가 졸졸거리며 물 흐르는 소리도 들렸다. 마침내 소녀가 낭랑한 목소리로 입을 열었다.

"완벽히 아름다워 보이지만 이건 조화야. 이 인공 정원에서 진짜 식물은 저것뿐이야."

소녀가 가리킨 식물에 글록시니아라는 명패가 붙어 있었다.

"처음에는 디펜바키아나 아이비, 팔손이 같이 공기를 정화시켜 주는 식물들로 정원을 가득 채웠는데 햇빛을 못 보니까 말라 죽거나 독성이 있어 제거되고 글록시니아만 살아남았어. 간호사 언니들이 말해 줘서 알았어. 가짜 식물이지만 언니들은 가끔 물을 뿌려 이파리를 촉촉하게 만들고 먼지도 닦아서 진짜처럼 관리해. 순전히 자기만족이지만 여기서는 중요한 일이야. 모두들 인공 정원에서 보내는 시간을 소중한 여가로 생각하지. 글록시니아는 가짜 속에서 뻗어 나가는 진짜 식물인 거야. 심지어 가짜 식물의 덩굴을 감아올려 모양도 변형시켜서 어느 것이 진짜 식물이고, 어느 것이 가짜인지 구분하기 어려워. 아까부터 나나에 관해 말하는 걸 들었어. 도대체 나나가 누구야?"

필귀와 내가 멀뚱거리며 서로를 바라보자 소녀는 다시 나무 위로 올라가 큰 나뭇가지에 걸터앉았다. 한스가 다가가 나무를 올려다보았다.

"나나는 너잖아. 잊었어?"

사람이었다면 울먹이는 목소리가 나왔을 테지만 소녀의 무덤덤한 반응 때문인지 삐이익 하고 울리는 한스의 기계음은 평범하기 이를 데 없었다. 납치되었다는 소녀는 전혀 위급해 보이지 않았고 한스를 애타게 부른 것 같지도 않았다. 건강하고 여유로웠으며 무엇보다 밝은 모습이어서 자신이 처한 상황을 불안해하는 인상이 들지 않았다.

소녀가 말했다.

"내 이름은 한나야. 여긴 나 혼자뿐이고. 나나라는 이름은 들어 본 적이 없어."

"봐, 나 한스야. 기억 안 나?"

"모르겠어. 너는 어디선가 본 것 같아."

소녀가 난데없이 나를 가리켰다. 아무리 생각해도 명백한 착오였다. 하지만 그 애가 나를 지목하고 나를 쳐다보니 기분은 좋았다. 사실 그 정도가 아니었다. 뭔가 따뜻한 엔진을 단 화살표 하나가 척추에서 밑으로 스르르 내려와 하체의 중심에서 멈추는 바람에 그것을 더 잘 보려고 눈을 감지 않을 수 없었다. 온몸 전체에 불이 들어와 있는 게 보였다. 강렬하면서도 자극적이지 않은 은은함이 나를 평화롭게 감쌌다.

한스는 섭섭한 것을 넘어 억울해하고 있었다.

"난 네가 부르는 소리를 듣고 찾아온 거야."

한스는 길을 잃어버린 것 같았다. 나와 엎치락뒤치락하던 그 한스라고는 믿어지지 않을 정도였다. 소녀는 점점 더 우리가 생각해 왔던 나나에서 멀어져 갔다.

"널 불렀다는 거야, 내가?"

한스가 그렇다고 할 때 필귀가 대화에 끼어들었다.

"아까 나나에 관해 말하는 걸 들었다고 했지? 언제부터 우리가 말하는 걸 들었다는 거야?"

"너희들이 이곳에 들어와 돌아다니기 시작할 때부터. 난 그 소리를 듣고 잠에서 깨 정원으로 나왔어."

필귀와 눈이 마주치자 나는 어깨를 으쓱했다. 나무 위에 올라가 있었다면 잘 들을 수도 있었다. 폐쇄된 장소에서 소리가 가면 어디로 가겠는가.

"왜 사람을 부르지 않았어? 누군가 이곳에 침입했다고 말해야 하는 거 아니었나?"

"여긴 아무도 없어. 18층에는 나 혼자 살아. 물론 간호사 언니가 있지만 참견이 심해서 내가 가끔 코드를 뽑아 버려. 그러면 조용해지지. 나쁜 뜻은 없어. 그냥 귀찮을 뿐이야. 그런데 나나라니, 나나가 누구야? 혹시 나하고 관계가 있다고 생각하는 거야? 왜 내가 나나와 관계가 있다고 생각하는데?"

아무도 말하지 않았다. 대답하지 않는 가운데서도 두뇌는 빠르게 움직이며 계산에 돌입했다. 한스와 나, 필귀의 계산이 모두 같다고는 보기 힘들었다. 중요한 순간이었지만 한나의 반말에 신경 쓰는 나 자신을 발견했을 때는 물기를 털어내는 개처럼 부르르 몸을 떨었다.

"궁금한 게 있어."

필귀는 조급증을 드러내며 몇 가지 물었다. 한나는 뭐랄까, 순수한 방심 상태에 있는 것 같았다. 어떤 것을 질문해도 거리낌 없이 대답해 줄 것 같은 이상한 느낌. 그건 한나가 우리 곁에 있지만 우리와 전혀 다른 세상에 속해 있다는 증거인지도 모른다. 기준이 다른 사람들은 아무리 커다란 비밀을 알려 주어도 좀처럼 알아듣지 못하니 얼마든지 안심하고 떠들어도 된다는.

"백은 시장이 누군지 알아? 만난 적이…… 있어?"

"무슨 소리를 하는 거야? 그분은 우리 엄마야."

"엄마?"

나무에서 내려와 인공 정원 속을 돌아다니면서 한나가 말했다.

"왜 그렇게 놀라는 거야? 서로 잘 맞는 건 아니지만 틀림없이 우리 엄마야."

한나는 갑자기 "애! 까만 출목금한테 그러지 마." 하더니 비명을 지르며 반대편으로 뛰어갔다. 영문도 모른 채 나 역시 덩달아 달려갔다. 한나는 좁은 샛길을 뛰다가 멈칫 놀라며 돌확으로 된 작은 어항을 들여다보았다. 어항 안에는 종류가 다른 물고기 대여섯 마리가 있었는데, 까만색을 띤 물고기는 보이지 않았다. 출목금이 물고기 이름인지도 나는 모르고 있었다. 한나는 낭패감을 드러냈다.

"저기 있는 파랑비늘돔이 까만 새끼 출목금을 삼켜 버렸어. 내가 정말 아끼고 귀여워하는 아이였는데."

한나가 밝은 파란색을 띠는 아름다운 줄무늬 물고기를 손가락으로 가리켰다. 필귀가 심각한 표정으로 한나에게 다가갔다.

"파랑비늘돔이 다른 물고기를 삼킨 걸 어떻게 알았지? 아까 우리가 서 있던 곳에서는 여기가 보이지 않는데. 게다가 넌 나무에서 내려와 있었잖아."

"소리를 듣고 알았어. 까만 출목금이 살아남으려고 얼마나 버둥거리며 소란을 떨었는지 몰라. 내가 조금 더 일찍 알았더라면 좋았을걸."

필귀와 내 입에서 동시에 신음이 터져 나왔다. 내 눈에는 더 이상 아무것도 들어오지 않았고 평소의 성격대로 합리적인 생각을 추론해 보려고 노력할 뿐이었다. 한나가 까만 출목금한테 소리친 것은 어항에 접근하기 전이었고 어항과 한나 사이에는 인공 식물들이 숲을 이루고 있었다. 투시력이라고 불러야 하나. 아니면 예지력? 지금까지 A-city가 만든 복제 인간도 그런 능력을 발휘했다는 소문은 들어 본 적이 없었다. 긴장한 나머지 나는 글록시니아 일부를 밟고 말았다.

한나는 작은 어항 속 물고기를 들여다보느라 정신이 없었다. 필귀가 주변을 살펴보며 잠시 한눈을 팔고 있을 때였다. 한나가 돌확을 향해 중얼거리는 소리가 들렸다. 물고기들에게 주문이라도 외는 것 같았다.

"더 지체하면 안 돼. 시간이 없어. Nell3는 지독한 거거든."

나는 방언과도 같은 그 말을 조금도 알아듣지 못하고 "뭐라고 한 거야?"라고 되물었는데, 한나는 "쟤는 네덜란드 사자머리라고 불러."라며 엉뚱한 소리를 했다. 고개를 갸웃거리고 있을 때였다. 한스가 "더 지체하면 안 된다고? Nell3가 왜?"라며 한나를 다그쳤다. 한나의 어깨에 무거운 손을 얹었지만 흔들어 대지는 않았다.

"지금 너 'Nell3'라고 했잖아. 난 분명히 들었어."

"Nell3라니, 네덜란드 사자머리라니까. 여길 봐. 이 애들이야."

한나가 주황색 물고기의 뻐끔거리는 입술에다 손가락을 갖다 댔다. 물고기는 각도를 틀면서 한나와 무관한 세계를 마음대로 거닐었다.

이후에도 그 장면은 내게 지워지지 않을 후유증을 남겼다. 나는 긴밀하고 가까운 위치에서 그들과 함께 있기는 했지만 서로 연결된 것은 한나와 한스였다. 둘은 같은 종족이고 나만 다른 것 같았다. 소외가 그렇게 아픈 것인지 처음 알았다. 너희들과 함께이고 싶어. 날 따돌리지 말아 줘. 하마터면 그렇게 사정할 뻔했으나 곧 나를 회복했다. 나는 한스가 들었다는 말을 사실로 받아들이기 싫었다. 현재의 마스터는 난데 한스가 바라보는 것은 오직 한나라는 점이 머지않아 나를 미치게 할 것 같았다.

화제가 다시 백은 시장으로 돌아갔다. 필귀는 방금 그곳을 스쳐 간 다른 세상에 관해서는 조금도 눈치채지 못한 것 같았다. 들었다면 아마 한나와 한스의 청력을 연관시키지 않았을까. 만약 한스를 만드는 데 곽표가 관여했다면 한나의 능력에도 그의 힘이 개입되었다고 가정해 볼 수 있었다. 그는 살아 있을지 모른다. 나와 닮았든 아니든, 혹은 내 아버지든 아니든 말이다. 문제는 그것에 관해 집요한 긴장감을 보인 게 필귀가 아니라 한스라는 점이었다. 한스가 한나의 옷자락을 잡아당기며 말했다.

"네가 믿는지 안 믿는지 모르겠지만…… 난 네 심부름을 갔다가 이제야 돌아온 거야. 넌 아버지에게 네가 어디에 있는지 알려 주기를 바랐고, 나는 그 일을 해냈어. 그리고 네 아버지가 딸에게 전하라는 말을 가져왔어."

"아, 이럴 땐 어떻게 해야 하는지 모르겠어."

난감해하는 한나와 달리 한스는 서둘렀다.

"넌 그것을 믿어야 해."

한나가 어깨를 으쓱했다. 어디 한번 말해 보라는 것 같았지만 딱히 궁금하지 않다는 표정이었다. 나는 비스듬한 위치에서 한스를 노려보았다. 그의 바디에 숨겨져 있던 파일 말고 다른 편지가 있다는 말이 아닌가. 어지간히 교활한 놈이아니었다.

"왜 말을 머뭇거려? 우리가 있어서 꺼리는 거야? 자리를 피해 줄까?"

나는 필귀와 나를 우리로 나누면서 목소리를 높였다. 한스는 고개를 저었다.

"지금은 소용없을 것 같습니다. 아직 들을 준비가 되어 있지 않습니다."

"그냥 말해. 준비는 무슨."

"그냥 하면 안 됩니다. 그 순간을 겪어 내는 것이 제게 남은 마지막 임무입니다. 아무렇게나 발설해도 되는 것이라면 애를 써 가며 여기까지 왔겠습니까. 기다리겠습니다. 지금은 기다리는 것 말고 제가 할 수 있는 게 없습니다."

"맙소사."

어이가 없어서 나도 모르게 바닥에 침을 뱉었더니 이번에는 한나가 나를 괴롭혔다. 당장 닦으라면서 청소함을 손가락으로 가리켰다. 나는 진상처럼 신발을 벗고 양말 신은 발로 침을 쓱쓱 문질러 닦았다. 그러고는 신발을 다시 신었다. 어색한 분위기가 신경 쓰였는지 필귀가 화제를 바꾸었다.

"엄마는 지금 어디 계시지?"

"집에. 여기 18층 전체는 무균실이나 다름없어. 엄마는 필요할 때만 이곳에 내려와 나를 만나."

필귀와 나는 다시 시선을 나누면서 고개를 끄덕였다. 이해가 가지는 않았다. 그저 눈알이 튀어나올 것 같은 긴장감을 견뎌 내려고 서로의 시선을 필요로 했는지도 모른다.

한나의 방은 이렇다 할 특징은 없었지만 복도와 완전히 달랐다. 복도는 온통 금속으로 되어 있어 막막한 곳에 갇혀 있다는 공포를 불러일으켰으나 방은 흰색 침대 하나에 흰색 탁자, 그리고 의자가 두 개 놓여 있는 게 전부였다. 벽면의 재질도 벽돌 아니면 시멘트인 것 같았다. 온라인 시스템도 갖추어져 있지만 장비와 도구 들이 지상에서는 사용하지 않는 낯선 것으로 구성되어 있었다. 내가 그것을 만져보면서 작동하려고 하자 한나는 지금은 안 된다며 만류했다. 다 끊어 두었다는 것이다.

"어떻게 하면 연결이 되는데?"

"지금은 안 돼. 간호사들이 깨어나."

한나의 태도는 예상외로 단호했다.

"이런 말을 해서 미안한데, 혹시 밖으로 나갈 수 있어? 이를테면 여기서 나가 본 적이 있냐는 거야."

"흠. 혹시 내가 이 안에 갇혀 있다고 생각하는 거야?"

"아, 아니야?"

"그렇지 않아."

한나는 고개를 가로저었고, 벽을 툭툭 치면서 살피던 필귀가 틈을 주지 않은 채 노련하게 끼어들었다.

"이곳은 평범하게 들어올 수 있는 장소가 아니거든. 여기에 이런 장소가 있다는 걸 세상은 몰라."

"내가 여기 있다는 걸 세상이 알아야 할 필요는 없어. 그냥 아픈 나를 위해 마련한 특별한 공간인 거야. 나는 운이 좋은 셈이지. 능력 있는 분을 엄마로 뒀으니까."

그 대목에서 나는 나의 아버지일지도 모를 곽표를 떠올렸다. 어제 낮에 필귀에게 곽표와 내가 닮았다는 이야기를 듣고 집으로 돌아가 엄마와 무전 교신을 주고받았다. 아버지 이름이 혹시 곽표냐는 물음에 엄마는 그를 잘 알지는 못한단다, 너무 오래되어 이름도 기억나지 않는다고 잡아뗐다. 아들 이름이 홍리인 것도 가끔 까먹는다는 횡설수설은 너무 무책임하게 들렸고 엄마가 아들에게 할 소린가 싶었다. 통신을 끊을 즈음에는 그냥 동네에서 선생질이나 해 먹고 살았더라면 좋았을 거라고 했다. 아버지가 어떤 학교를 꿈꾸었냐고 물었더니 "난들 아니? 숨 쉬는 법을 가르쳤겠지." 했다. 사랑한다는 말을 하기도 전에 엄마는 일방적으로 "다른 생명체들을 잘 대접해야 한다. 누군가 보고 있을지도 모르니."라는 주문을 남기고는 무전을 끊었다.

"넌 나나인데 납치당한 뒤로 한나가 된 거야."

한스는 납치라는 단어를 사용하면서 옭아매려고 했으나 소녀는 걸려들지 않았다.

"난 언제든 여기서 나갈 수 있어. 다만 지금은 마지막 수술을 앞두고 있어서 그걸 끝내야 할 것 같아. 일주일 뒤라고 했어. 오랜 시간이 걸렸지만, 이제 마지막 수술이 끝나면 나는 무균실을 벗어나 햇볕 속으로 나갈 수 있어."

무슨 수술이냐고 물었더니 모른다고 했다. 너무 많은 수술을 받은 것 같다는 설명과 함께 우리가 그만 여기서 나가기를 바란다고 했다.

"난 그만 자야 하거든."

또 놀러 오라는 말도 잊지 않았다.

헤어지려고 한나와 악수를 할 때였다. 손을 맞잡는 순간 내 몸에 불이 다시 켜졌고 한나에게로 번졌다. 우리는 같은 불로 연결된 한 사람이었다. 하지만 아쉽게도 손을 놓는 순간 나는 꺼진 불처럼 다시 혼자가 되었다.

"잠깐."

한스가 갑자기 자기 몸에서 팔 하나를 분리해 한나에게 건넸다. 안고 자라고 했다. 나도 모르게 얼굴을 찌푸렸다. 한나가 그것을 순순히 받아 안는 건 더 못마땅했다.

"도대체 왜 팔을 떼어 준 거야?"

집으로 돌아오면서 한스에게 따졌다.

"그건 나나가 즐겨 하던 실험이었습니다. 아빠 팔을 베고 낮잠을 자면 꿈에 아빠가 나오곤 했답니다. 엄마는 나나가 납치당하기 직전 교통사고로 죽었다더군요. 나나는 부모를 많이 그리워했습니다. 저의 왼쪽 팔을 안고 자면 꿈에 엄마가 나오기도 하고 아빠가 나오기도 했답니다. 그때마다 나나가 저를 보호자로 여기는 것 같아 기분이 좋았습니다."

"동생으로 생각했는지도 모르지."

질투에 눈이 멀어 목소리가 부르르 떨렸다. 그러고 나서 생각해 보니 한나와 한스라는 이름이 한 세트처럼 비슷했다.

12 /
기억의 방정식

    상황을 보고받는 자리에서 마스터가 말하길, 보안국에서는 비밀스럽게 수사를 지켜보겠다고만 했다. 하지만 마스터는 이 일이 결코 낙관적이지 않다는 언질도 주었다. 국가 요직에 있는 사람들은 물론 보안국 정식 요원 대부분이 A-city의 시민인 데다가 백은 시장과는 막역한 친분을 유지하고 있었다. 범죄 없는 세상으로 가려면 무리가 따르더라도 백은 시장이 하는 일에 협력하는 게 낫다고 생각하는 사람들이었다. 그만큼 백은 시장이 공공의 치안을 위해 강력한 복제 인간을 만들어 낼 것이라는 믿음이 있었다. 무엇보다 어느 순간 인류가 부를 어떻게 나눌 것인지 물음을 포기하고 빈부의 격차를 당연하게 받아들이게 된 사회적인 맥락이 배경처럼 깔려 있었다. 마스터는 나나와 한나에 대한 그동안의 조사를 일차로 매듭지었다.

"우리가 바꿀 수 없는 사실은 기록상 나나라는 소녀는 존재하지 않으며, 한나는 백은 시장의 딸이라는 거다. 이 조건을 가운데 두고 수사를 진행하도록."

한나가 나나라는 것을 주장하거나 증명하지 말고 한나가 백은 시장의 딸이라는 것을 받아들인 상태에서 애니멀 메이킹과의 연관성을 찾아내라는 것이었다. 만약 백은 시장이 자신의 딸을 상대로 표본 인간 실험을 하고 있다면 위법이기는 해도 사회적인 범죄로 결론 나기에 먼 길을 가야 한다고 했는데 필귀나 나에게는 경고처럼 들렸다.

"그럼, 공적으로 존재하지 않는 UA는요? 그것도 그냥 받아들여야 합니까?"

"공적이라고? 너 공적이라든가 공공성 같은 말에 대해 깊이 생각해 본 적이 있어?"

"공적인 게 공적인 거 아닙니까?"

"지금 사회는 수십 년 전과 달라. 전파 방해가 공격의 유효한 수단이 되면서 세상이 바뀌었어. 내가 노른시와 A-city에 집이 몇 채나 있고 그중에서 공공재는 어느 것인지 자네에게 일일이 말할 필요가 있어? 우리는 돈을 내야만 시민이 되는 시대에 살고 있어. 아니면 떠돌이 구역으로 버려지게 되지. 국가나 보안국은 이런 질서를 보완하기 위해 활동한다는 사실을 잊지 마."

"하지만 돌마는 시청 건물이잖습니까. 적어도 A-city를 유지하기 위해 돈을 낸 시민들은 사실을 알고 있어야 한다고 생각합니다."

"시청 건물은 지하 6층까지인데, 그 아래는 시장의 사적인 공간이라고 한다면 뭐라고 할 건데? 그리고 만약 UA가 정말 있다면 돌마빌딩 지하 6층에서 7층으로 내려가는 길부터 찾아야지. 아니면 그곳에 들어가 내부 모습을 증거로 담아 오든가."

나는 한숨을 푹 내쉬었다. 그날 UA에서 돌아오고 겪었던 황당함이 다시 상기되었다. 이런저런 것을 동원해 초기 단계에서 이미 UA 내부 모습을 기록했으나 돌아오니 모두 지워졌다. 한나도 담았으나 어디에서도 그 모습을 복원해 낼 수 없었다. 마스터 앞에서 한나는 허구가 되고 꿈처럼 비현실적인 존재가 되었을 때의 기분은 뭐라고 말하기 어려운 것이었다. 필귀가 경고한 바이기는 했다.

"UA처럼 한정된 공간에서 전파 차단은 간단한 기술만으로도 가능해. 이동 중인 모든 전파를 마디라는 형식으로 치환해 맥락을 끊고 경로를 바꿔 버리지."

전파 차단은 이 시대의 반란 수단이기도 하지만, 반란군이 되면 역설적으로 그들 역시 또 하나의 사적 권력을 지향한다는 것이 딜레마였다. 더 암담한 것은 아무도 거기서 빠져

나갈 길을 찾지 않는다는 것이다.

기록이 모두 사라진 뒤에야 UA의 복도가 왜 온통 금속으로 되어 있는지 알았다. 금속은 화재 예방을 위한 건축용 재질이 아니라 정보와 용도를 담는 강력한 방어 시스템으로 활용되고 있었다.

한스를 도와 마스터의 창고에서 팔이 될 만한 물건을 찾았다. 한 시간이 지나 찾기는 했으나 이번에는 손목 위아래가 성분이 다른 것을 팔로 조합할 수밖에 없었다. 손가락은 나노인데 팔뚝의 표면은 싸구려 플라스틱이었다. 이틀이 지나 팔을 되찾든가 새로 맞추거나 해야 할 것 같았다. 팔을 부착하고 1층으로 돌아오더니 한스가 묘한 소리를 했다.

"Nell3에 대한 백은 시장의 관점을 역으로 생각해 보았습니다."

"응?"

"한나가 나나라도 나나의 기억은 이미 사라진 게 분명합니다. 그게 상식입니다."

"그렇지."

"하지만 누군가 나나의 기억을 강탈한다고 그 기억이 정말 다 사라질까요? 백은 시장이 제작한 Nell3 길잡이에 따르면 인간 신체는 그 사람만의 고유한 기억을 생산하는 공장 같은 겁니다. 공장에서 생산된 물건을 남들이 다 빼 갔다고 하더라도 기반 시설은 남아 있다고 봐야 합니다. 그날 나나, 아니 한나는 분명히 말했습니다. '더 지체하면 안 돼. 시간이 없어. Nell3는 지독한 거'라고요. 그건 누구였을까요? 누군가 나나에게서 나나를 제거하고 한나를 만들어 버렸지만, 나나의 일부가 잔상처럼 남아 저에게 메시지를 전했다고 생각합니다. 나나는 한나 속에 유령으로 존재하면서 한나도 모르는 사이에 말을 하는 겁니다. 멸종된 호랑이나 곰이 인간의 기억과 신체에 흔적으로 남아 가끔 참을 수 없는 에너지를 방출하듯 말입니다."

"그게 말이 돼? 너 정신 나간 거 아니야?"

"저는 정신이란 게 없습니다. Nell3 길잡이 내용을 적극적으로 이해한 것뿐입니다."

"Nell3 길잡이에 그런 내용은 있지 않아."

"나와 있습니다."

"맙소사. Nell3는 인간은 이해할 수 없고 기계만 이해할 수 있는 거구나."

한스는 위축되지 않았다.

"Nell3 길잡이는 문장과 문장 사이 행간을 유의해 읽어야 합니다."

나는 긴 끈을 움직여 한스의 손가락 사이에 낀 먼지를 열심히 닦았다. 행간을 읽어 내고 행간을 만들어 내는 말하기와 쓰기는 오직 인간만 할 수 있는 능력이 아니었나. 물론 내가 한스에게 밀린다고 해서 모든 인간이 부질없는 존재로 전락했다고 결론 내려야 하는 것은 아니다. 한스를 내다 버리거나 충전기를 뽑아 버린다고 해결될 문제도 아니었다. 이런 나의 속마음을 읽은 것일까. 한스는 갑자기 인간을 치켜세웠다.

"사람들이 자신의 신체가 어떤 보물 창고인지 모르는 사이 백은 시장은 타인의 신체를 가지고 거창한 꿈을 꾸고 있는 것 같습니다."

"그런 의미로 한나가, 아니 나나가 지체하면 안 된다고 했다는 거야?"

"저는 그렇게 파악하고 있습니다."

"하지만 나나는…… 나나가 있었다는 증거도 없는데 어디선가 나나가 빠져나와 내가 바로 나나입니다라고 말할 수 있을지 그 가능성도 솔직히 잘 모르겠어."

"식혜를 만드는 공장에서 식혜를 다 팔면 그 공장 안에는 식혜와 관련된 다양한 흔적들이 남습니다. 저는 그 흔적들 속으로 제 왼쪽 팔을 던져 넣었습니다. 거기서 거품이 날지 연기가 피어오를지는 좀 더 지켜봐야 합니다만."

"너의 팔로 나나에게 무슨 일이든 일어날 거라고 믿는 거구나."

"그렇습니다."

"가령?"

"잘 모릅니다. 제가 아는 것은 나나가 안심하고 베고 누울 팔은 사랑을 대체하는 것이었습니다. 한순간 그 사랑이 온전했다고 기억되는 한 변화가 일어날지도 모릅니다. 오늘날의 인간은 사랑을 믿지 않지만 봇은 사랑의 활약을 정확히 기억해 전할 수 있습니다."

"내가 엄마를 기억하고 그리워하는 마음, 뭐 그런 게 사랑인가?"

"아마도요. 기억한다는 것은 사랑한다는 뜻이니까요."

"그런데 식혜가 사라졌는데도 식혜의 흔적이 남도록 하는 건 뭘까."

"식혜라는 이름 아닐까요?"

"이름? 엄마 혹은 아버지라는 그것?"

"인간의 살 속에 생명의 흔적이 남아 있는 것처럼 이름이라는 단어에는 이름과 관련된, 쓸모없어 누락이 된 모든 정보가 담긴다는 것이 Nell3 길잡이의 주요 골자였습니다."

"도대체 Nell3 길잡이 어디에 그런 내용이 있다는 거야?"

나는 마지막 발악을 하는 심정으로 당장 보여 달라며 고집을 부렸다. 나 역시 Nell3의 방대한 원리를 꼼꼼히 검토했지만 어느 항목에서도 그런 내용은 발견하지 못했다. 한스는 자료를 허공에 띄우더니 노르마칩과 〈Nell〉 시리즈에 대한 내용을 여기저기 연결했다. 그러고는 순식간에 이러저러한 의견을 유추해 낼 수 있다고 말했다. 나는 이해할 수 없어 비명을 질렀지만 한스는 내가 고개를 끄덕일 때까지 기다릴 생각이 없는 것 같았다.

"살을 가진 인간이 언어로써 식혜 공장을 가동하는 한, 그 언어와 관련된 기억은 사라지는 것이 아니라 끝없이 재생된다는 것이 길잡이의 요지입니다."

나의 의욕은 급격히 저하되었다. 나는 말을 돌렸다.

"둘 사이에 네 왼쪽 팔이 그렇게 중요하단 말이지? 한나가 끝내 뭔가를 떠올릴 수밖에 없을 정도로?"

"중요해서가 아닙니다. 그저 작은 변수에 불과합니다. 호수에 던진 돌멩이가 중요해서 파문을 일으키는 게 아니듯 말입니다."

운명이나 뭐 그런 것을 강조하는 소리처럼 들렸다. 앞으로 한나와 한스가 다시는 못 만나도록 방해해야 하는 건 아닐까.

"좋아, 기다려 보자. 한나를 만나면 곧 알게 되겠지."

대화는 거기서 중단되었다. 시간을 확인했더니 한나와 만나려면 8시간 12분을 기다려야 했다.

마스터가 시킨 다른 일을 알아보기 위해 노른시로 향할

때였다. 필귀가 대화를 요청하더니 놀라운 소식을 전했다.

"방금 백은 시장이 열흘 뒤에 애니멀 메이킹을 출시한다고 발표했어."

"네?"

"VR 말이야. 자세한 내용을 파악하려고 마스터는 보안국으로 갔어. 플랫폼에도 이미 출시 광고가 나왔더군. 빨리 들어가 살펴보라는 지시야."

혼비백산해 카봇의 간략 모드를 작동시키고 있는데 김춘호가 급하게 만나자는 메시지를 보냈다. 나에게는 원하는 대로 방향을 돌릴 권리나 여유가 없어 그 메시지를 무시하고 노른시로 날아갔다.

13

비밀의 마당숲

노른시에서 일을 마치고 돌아와 VR 카페 플랫폼으로 들어갔더니 처음 보는 캐릭터가 메인 화면을 압도하고 있었다. 광고의 헤드라인은 다음과 같았다.

친생명적인 〈Nell〉 시리즈의 완성판 Nell3가 드디어 출시됩니다. 그동안 여러분들이 보내 주신 성원에 보답하고자 Nell3 출시 기념 이벤트를 갖고자 합니다. 애니멀 메이킹으로 들어와 Nell3를 무료로 체험하십시오. Nell3가 여러분의 마음을 안정시킬 것입니다.

애니멀 메이킹을 선택해 안으로 들어갔더니 체험 순서와 방법이 간략하게 나와 있었다. 체험이 시작되면 우리 마음의 쓰레기통이라고 할 수 있는 100개의 방이 나오는데 그곳을 자유롭게 순례하며 돌아다니면 과거의 어두운 기억을 불러

일으키는 광경과 접속하게 되고 특정한 감정이 고양되는 상태에 도달한다. 그것을 견딜 수 없다고 느끼거나 해결해야겠다고 판단되면 2단계를 누를 수 있다. 2단계는 자신의 현재 감정을 대체하는 동물을 선택해 그 아이콘과 자신을 연결한다. 선택이 어려울 때는 SOS를 요청하면 된다고 나와 있었다. 3단계는 자신이 선택한 그 동물이 되어 전혀 다른 존재로 이 세상을 경험할 수 있고 4단계는 그 동물에서 다시 처음의 자리, 즉 인간으로 돌아오는 것이었다. 이때의 감정 상태는 정화를 거친 단계로 이 체험에 돌입하기 전과 매우 다른 상태일 것이라고 안내되어 있었다. VR이어서 위험하지 않은 데다가 앞으로 일주일은 무료로 체험할 수 있으니 망설이지 말고 경험해 보라고 했다.

그러다 눈에 띄는 후기 하나를 발견했다.

'나는 적절하게 수리되었습니다.'

고물 더미에서 저절로 일어났다는 한스의 변화를 떠올렸다. 나나가 한나가 되는 수리는 그와는 전혀 달랐다. 그러고 보니 이미 체험하고 나온 사람들의 후기가 연이어 올라오는 중이었다. '패턴에 들어가지 못하는 나머지 부분을 잉여분으로 처리해 무의식으로 가라앉힌 다음……' 어쩌고 하는 내용과 '백은 시장, 인간의 삶에 담긴 비밀을 풀다'처럼 열혈 A 파가 작성한 것, 그리고 '통합된 마음 중에서 거칠고 사나운 것이 의식으로 떠오르려고 할 때마다 피부를 통해 에너지를 발산시킴으로써 마음을 안정적으로 관리하는'처럼 백은 시장 측근이 올렸을 것으로 짐작되는 내용이 큰 호응을 얻었다. 물론 '난 아무것도 못 느꼈는데…….'나 '왜 굳이 과거의 기억으로 되돌아가야 하는데…….' 같은 회의적인 후기도 있었다.

소수의 의견이 몇 개나 되나 세어 보려고 했을 때였다. '난 아무것도 못 느꼈는데…….'와 '왜 굳이 과거의 기억으로 돌아가는 체험인 건데…….' 같은, 내가 분명히 읽었던 의견들이 자취를 감췄다. 누군가 삭제한 것 같았다.

후기 중에서 공통된 것은 다시 '나'로 돌아왔을 때 확연히 다른 '나'로 변해 있었다는 내용이었다. 표준 인간에 근접한 사람으로 무난하게 거듭났다는 뜻 같았다.

그때 마스터의 홀로그램이 나타났다.

"잠시 후 5시 정각에 애니멀 메이킹으로 들어가 경험을 하다가 6시쯤 만나자."

"VR에서 만난다는 겁니까?"

"그래."

"가능할까요?"

"시도했는데 못 만나면 할 수 없고."

"어디서 만날까요?"

"방이 100개가량 있다고 하니까 일단은 6시에 21번 방에서 보자."

"21번 방이 어떤 방인데요?"

"나도 모르지. 거기서 만날 수 있는지도 모르겠고. 어쨌든 약속은 정해야 하니까 아무 번호나 골라 본 거야."

마스터가 돌아가자 한스는 좋지 않은 방법이라고 훈수를 두었다.

"방은 우리가 생각하는 그런 방이 아닙니다."

방이라고 생각하는 그런 방은 존재하지 않을 거라는 이야기였다. 한스는 VR로써의 애니멀 메이킹은 체험할 수 없었다. 피부, 즉 살을 가진 사람만이 가능하도록 설계된 프로그램이었다. 그런데도 오랫동안 그것만 준비해 온 사람처럼 이런저런 의견을 피력해서 좀 지겹다는 생각을 하고 있는데 마스터가 다시 나타났다.

"의도를 가지고 21번 방으로 가려면 이 VR의 성격을 확실히 알 수 없게 될 것 같아. 우리가 조사관이기는 하지만 이번에는 아무 생각 없이 프로그램이 시키는 대로 따라가 보자."

애니멀 메이킹 자체가 인위적인 콘셉트인데 거기에 또 다른 플롯을 대응적으로 가지고 들어가는 것은 애니멀 메이킹에 대한 이해를 방해할 뿐 아니라 내적 저항을 구조화할 것이 분명하다고 했다. 상대의 의도를 정확하게 파악하려면 나의 플롯은 잠시 접어 두고 오직 상대방 플롯에 나를 던져 넣어야 한다는 것은 방금 마스터가 두 번째로 방문하기 직전한스와 나누던 대화 내용이었다.

애니멀 메이킹에 대한 첫 방문 효과를 높이려고 한스의 힘을 빌려 내용 파악에 주력하고 있는데 김춘호가 자신의 가게에 오라는 메시지를 다시 보냈다. 애니멀 메이킹 출시와 관련되어 있다는 미끼가 포함되어 있었다. 5시까지 45분이 남아 있어서 불가능하다고 했으나 김춘호는 막무가내였다. 필귀한테 슬쩍 물어봤더니 빨리 가서 만나 보고 오는 것도 나쁘지 않을 것 같다고 하는 게 아닌가.

"나도 5시에 들어갈 거야."

필귀가 말했다. 마스터는 들어가지 않기로 했다고 한다.

나는 급하게 김춘호를 만나러 노른시로 날아갔다.

김춘호와 미팅한 곳은 그의 가게 안쪽에 있는 가정식 카페였다. 내가 시간이 없다고 하면서 자리에 앉자 그가 서둘러 말했다.

"나나 아버지가 어디 있는지 알아냈습니다. 놀랍게도 그는 살아 있었습니다. 당신도 아는 곳이라고 들었습니다."

"어딥니까?"

"마당숲입니다. 가 보셨다고 하던데요?"

"지난번 뽕뽕에서 받은 양갈비 선물 세트를 그곳에 가져다준 적이 있습니다만."

거기까지 말하면서도 나나의 아버지가 박두가라고는 상상할 수 없었다. 오직 뽕뽕 경비가 그곳으로 양갈비 세트를 가져가라고 했다는 사실을 김춘호에게 숨겨야 하나 말아야 하나 신경을 곤두세웠다.

"나나의 아버지는 마당숲에서 끔찍한 일을 겪고 있습니다. 참으로 기막힌 것은 본인은 아무 기억이 없다는 겁니다. 돈을 받아야 하는데 저를 알아보지도 못하더군요."

그제야 박두가를 말하는 것이냐고 물어볼 수 있었다. 그가 겪는 끔찍한 일에 관해 나는 아무것도 떠오르지 않았고 다만 갇힌 것인지 보호받는 것인지 알 수 없던 아이들이 떠올랐다. 그리고 미스터리로 남은 출입구에 관한 고통스러운 기억이 남의 일처럼 머리를 스쳐 갔다.

"그가 박두가라는 건 사실이 아닙니다. 그는 나나의 아버지 나성입니다. 저는 우편배달부 나성을 똑똑히 기억하고 있습니다."

"그는 틱이 있더군요."

중요한 것은 아니지만 생각난 김에 말해 보았다.

"1분에 한 번씩 마른 코를 8자로 들이마시는 것 말입니까.

저도 봤지만 우편배달부를 할 때는 없던 습관입니다. 아마도 박두가라는 사람의 기억을 주입받으면서 틱까지 덤으로 얻은 게 아닌가 합니다."

"덤이라니요, 참."

"지금 중요한 건 그게 아닙니다."

"그럼 뭐가 중요한데요?"

"그가 계속 아이를 낳는다는 것입니다. 매달 인공 수정을 시도해 서너 달에 한 번 성공하고 있다면……."

"혹시 강제로 아이를 낳고 있다는 말씀입니까."

"그게 다가 아닙니다."

김춘호는 자기 집인데도 목소리를 낮추었다.

"오늘 새벽 마당숲에서 큰 소란이 있었답니다. 그들이 불시에 나타나 아이들을 데려갔다고 하더군요. 나나의 아버지가 몰래 숨겨서 키우던 남자아이들을 말입니다. 그것 때문에 나나의 아버지는 자살을 시도했고 지금은 병원에 실려 갔다고 합니다."

"맙소사!"

"그게 어떻게 된 일이냐면 말이죠……."

김춘호가 눈치도 없이 긴 이야기를 시작할 기미를 보였다. 시간을 확인했더니 이미 5시에서 5분을 넘긴 뒤였다. 김춘호를 가로막지 않을 수 없었다.

"잠깐만요. 박두가 씨가 그렇게 된 것은 안타깝지만, 도대체 그게 애니멀 메이킹과 무슨 상관이 있다는 거죠? 지금 수다나 떨려고 저를 부른 겁니까?"

당신은 업무 방해죄를 저질렀다고 미리 경고해 두었다.

"상관이 있습니다."

그렇게 말한 김춘호는 침을 꼴깍 삼켰다. 자기 나름의 순서로 이야기하고 싶었는데 나 때문에 결론부터 털어놓아야 하는 게 불만인 듯했다.

"박두가 부부가 아이를 낳으면 어딘가에서 사람이 나와 악명 높은 신생아 검사를 한답니다. 그게 프로젝트 1단계라는 건 공공연한 사실입니다."

"신생아 검사라니요?"

"일종의 유전자 검사입니다. 잠재적 범죄 가능성에 대한 것으로, 저명한 의사들이 백은 시장의 데이터를 적중률 높은 우수한 검사법으로 인정했더군요. 이 남자아이가 커서 살인이나 성폭행을 할 가능성이 있는지 없는지 검사하는 것이죠……. 아휴, 제가 신생아일 때 그런 검사를 받았다면 아마 틀림없이 죽임을 당했을 겁니다. 생각만 해도……."

"설마요."

입안에 쓴맛이 감돌았다. A-city를 둘러싼 끔찍한 소문쯤이야 이제는 한 귀로 들어왔다가 금세 다른 귀로 흘러 나가 더 이상 기억으로 저장되지 않았다. 소문을 퍼트릴 때는 오감이 저릿저릿하지만 다른 사람 역시 금세 잊어버리지 않나. 그래도 그렇지. 운이 나쁘면 신생아 검사에서 적발되어 죽을 수도 있다니.

"그게 말이죠."

갑자기 김춘호가 몸을 밀착해 귀엣말을 속삭였다.

"백은 시장도 원래 아들이 있었는데, 그 검사에서 잠재적 범죄자로 분류되어 쥐도 새도 모르게 없애 버렸다더군요. 믿어집니까?"

나는 그만하라며 손을 내저었다. 시간을 확인했더니 5시 35분이었다. 불쾌감이 밀려왔다. 김춘호는 작정한 것 같았다.

"마당숲에서 정말 필요한 것은 여자아이입니다. 여자아이를 얻으려고 나나라는 독특한 아이를 낳은 나나의 아버지를 계속 이용하는 거죠. 여자아이가 태어나면 어디로 가는지 아십니까? 바로 UA입니다."

"왜요?"

"복제 인간 실험을 하기 위해서죠. 이번에 출시된 애니멀 메이킹은 나나의 아버지가 낳은 여아들을 가지고 실험한 결과에서 도출된 것이랍니다. 백은 시장은 여성의 처지를 대변하는 척하지만 뒤로는 여자아이들을 복제 인간 실험에 이용하고 있습니다."

"그렇다면 박두가 씨가 이번에 빼앗겼다는 아이들은 어떻게 된 겁니까?"

"마당숲에서 잠재적 범죄 가능성을 가진 남자아이가 태어나면 그 자리에서 없애야 하지만, 그동안 나나 아버지는 남자아이들을 빼돌려 몰래 키웠습니다."

순간 말할 수 없는 피로가 몰려왔다.

"저한테 이 사실을 알리는 이유가 무엇인지 물어봐도 될까요?"

"제가 아는 보안국 사람 중에서 이상할 만큼 당신에게 마음이 갑니다. 당신이 알고만 있어도 제게는 큰 위안이 됩니다."

나는 고개를 푹 숙였다. 감동한 것은 아니었다. 논리적으로 말이 안 되는 점에 신경 쓰고 있었다. 인공 수정을 하고 일정 기간이 지나면 태아의 성별이 나오지 않나. 왜 그 단계에서 성별을 선택하지 않는단 말인가. 그런 생각을 하다가 벌떡 몸을 일으켜 화장실이 어디냐고 물었다. 구토가 올라와 참을 수가 없었다.

14

들어가기

애니멀 메이킹은 수천 명이 동시에 접속할 수 있지만 워낙 많은 사람이 몰리다 보니 8시 예약은 불가능했다. 남은 방법은 밤 11시쯤이라도 들어가 접속하거나 다음으로 미루는 것이었다. 마스터는 보안국에서 활동 중인 수습 요원들은 오늘 안으로 접속해 샘플링을 끝내라고 명령했다. 밤 11시 예약도 일반인들은 불가능하지만 보안국 요원이어서 가능하다는 것이었다. 나는 할 수 없이 사실을 털어놓았다.

"그 시간에는 UA에서 한나를 만나기로 한 터라······."

마스터는 필귀와 한스를 함께 보내라고 했다.

필귀에게 연락했더니 불가능하다는 대답이 돌아왔다. 저녁 산책하러 나갔다가 아이들이 던진 야구공에 맞아 팔이 빠지고 뼈에 금이 가서 응급실에 다녀왔다는 것이었다. 혼자 걷는 것은 가능하지만 UA에서 긴급하게 움직여야 할 일이 발생하면 기동성이 현저히 떨어질 것이라는 말에 할 말이 없었다. 예정대로 애니멀 메이킹은 체험했으나 무슨 일을 겪었는지 말해 주지 않았다. 선입견을 품지 말고 직접 체험해 보라는 조언과 함께 우리가 인간임을 믿으라고 했다. "무엇보다 네 자신을 믿어. 넌 뭐든 헤쳐 갈 능력을 갖췄잖아."라고 할 때 "제가요?"라고 되묻지 않을 수 없었다. 나는 김춘호로부터 채집한 내용을 보고하면서 A-city 소속인 마당숲을 왜 노른시에 둔 거냐고 물었다.

"거점인 것 같아."

"네?"

"백은 시장은 노른시를 A-city에 복속시키고 싶어 해."

왠지 모르게 마당숲이 UA와 연결되어 있다는 확신이 들었다. 어쩌면 제2의 UA가 마당숲일 수도 있었다.

"보안국에서 조사한 적은 없습니까?"

"다른 평계로 급습했는데 아무것도 못 찾고 욕만 잔뜩 먹었지. 보안국 제3차장은 그 일로 제거되었고."

"그랬군요."

스테이크와 브로콜리에 통조림 콩을 얹어 저녁을 마치고 한스와 탁구를 친 다음 1시간 40분 동안 잠을 잤다. 11시를 30분 남겨 뒀을 때 VR 카페 플랫폼으로 들어가 절차를 미리 밟았다. 후기는 다 읽을 수 없이 올라와 공유되었고 해외에서도 관심이 폭주해 전일 예약이 끝났다는 안내문이 올라왔다. 한마디로 대박이 난 셈이다.

접속이 임박하자 왠지 모를 긴장이 몰려왔다. 적진에 혼자 침투하는 어리석은 병사의 역할이 나에게 주어진 임무 같았다. 그러다가 플랫폼을 둘러보면 아우성치는 사람들이 많아 생각이 바뀌었다. 나에게 주어진 기회가 다행스럽게 여겨졌다.

가끔 노르마칩이 퇴치하려는 것은 어린아이 같은 순진함이 아닐까 생각하던 때가 있었다. 세상은 괴상한 동심을 어리석음이라고 부르지 않나. 마스터가 처음 면접을 볼 때도 노르마칩에 관해 어떻게 생각하냐고 묻자 머릿속으로 이런 생각이 스치고 지나갔다. 물론 나는 내 입에서 그런 말이 질문처럼 빠져나오도록 내버려 두는 10대는 이미 아니었다. 하지만 알고 싶었다. 내가 그런 질문을 했을 때 마스터는 뭐라고 대응할까. 혹시 너는 지금 살인이나 성폭행과 같은 폭력을 괴상한 동심 정도로 이해하는 것 아니냐고 하는 건 아닐까. 내가 상식적이지 않은 동심을 아직도 지키는지 알 수 없지만, 가상 공간에서 무방비하게 자아의 일부를 압수당하는 것보다 차라리 현실에서 칼부림하는 게 나을지도 모른다는 극단적인 생각이 나의 마음 한 귀퉁이에 숨어 있는 것은 분명한 사실이었다.

이런 식의 두려움만 예외로 한다면 나는 큰 하자가 없는 사람이었다. 성폭행할 가능성도 없고, 도둑질이나 살인은 물론 남에게 상해를 입히지 않고 평생을 살 자신이 있다. 그게 어렵다고 느껴지면 죽어 버릴 것이다.

"한스?"

잠깐 이 긴장을 완화하려고 불렀으나 어디로 간 것인지 대답하지 않았다. 다행히 필귀가 전한 응원 메시지가 마음을 가라앉히는 데 도움을 주었다.

제목이 꽤 선동적이었다.

「무장 해제는 필수.

미리 그림을 그리는 것은 좋지 않음. 방심 상태로 참여하길 바람.」

필귀는 실패했다는 이야기로 들렸다. 저녁 산책하러 나갔다가 아이들이 던진 야구공에 맞아 팔이 빠지고 뼈에 금이 갔다는 것은 비유적인 표현일 수 있었다. 조언대로 두려움도 버리자고 결심하면서 1층으로 내려가 물 한 모금을 마시고 올라왔다. 그리고 컴퓨터와 나를 연결한 뒤 생각이 계산기를 두드리며 닥쳐오기 전에 시작 버튼을 눌러 버렸다.

가장 먼저 시야를 압도한 것은 작고 캄캄한 공간이었다.

어둠에 익숙해지자 그곳이 실내이고 옛날에 내가 살던 집의 거실이라는 것을 알 수 있었다. 나는 서랍을 정리하고 있었다. 같은 물건끼리 분류하고 쓸모 있는 것과 쓸모없는 것을 나누어 칸을 채운 다음 이름을 써 붙였다. 필기도구 A칸에는 컴퍼스와 연필깎이, 지우개 가루 청소기를 넣었고 필기도구 B칸에는 각종 연필과 볼펜, 자와 지우개를 넣는 식이었다. 모두 아버지가 수학과 과학 공부를 하려고 사용하던 것이라고 했다. 아버지는 공부에 필요한 도구를 사는 것에 사치가 심했다. 정말 골치 아픈 것은 쓸데없이 많은 필통이었다. 한 서랍에 다 안 들어가서 재질로 나눠야 하나 새것과 헌것으로 나눠야 하나 고민하는데 커튼이 바람에 펄럭이다가 갑자기 뚝 하고 멈추었다. 엄마가 소리 없이 문을 닫았다. 인터폰이 울리고 벨 소리가 집 안에 울려 퍼졌다. 엄마가 현관으로 나가 걸쇠를 걸어 둔 상태로 문을 조금만 열었다.

"곽홍리한테 온 택배입니다."

현관문 사이로 우중충한 빛과 보리 짚 타는 냄새가 방문객처럼 쏟아져 들어왔다. 공기에는 얼룩덜룩한 불티가 곰팡이처럼 점점이 박혀 있었다. 누군가 두더지를 잡으려고 논둑을 태우는 모양이었다. 엄마는 걸쇠를 열어 재빨리 물건을 받아 챙기고는 문을 닫았다. 트럭은 무거운 엔진 소리를 끌며 돌아갔다.

"뭐가 들어서 이렇게 크고 무겁다니."

30대 초반인 엄마는 염증을 치료하지 않아 발등이 퉁퉁 부어 있었다. 상자 안에는 알루미늄 재질의 또 다른 상자가 하나 들어 있었다. 여섯 살 먹은 남자아이는 알루미늄을 무엇으로 절개해야 하나 고민에 빠졌다. 물건을 보호하려면 뭔가로 내리치는 것보다 뜯는 게 낫다는 것을, 조끼 주머니에 못을 넣고 다니던 꼬맹이는 이미 알고 있었다. 결정은 엄마가 했다.

"일단 작은 구멍을 내야겠다. 그리고 나서 냄새를 맡아 보면 뭐가 들었는지 알 수 있겠지."

하나 남은 다용도 망치는 먹을 것과 바꾼 뒤라 엄마는 긴 대못을 알루미늄 상자에 댄 다음 벽돌을 쳐들었다. 두 번 내리치고 나자 벽돌이 깨졌다. 결국 밖으로 나가 단단한 돌멩이 하나를 주워 왔다. 엄마는 걸음이 굼떠서 여섯 살인 내가 그 일을 맡았다. 돌이 무거워 현관으로 걸어오는 동안 두 번이나 바닥에 떨어뜨린 나는 자존심이 상해 얼굴을 붉혔다. 엄마가 구부정한 자세로 돌을 열일곱 번이나 내리치자 알루미늄 상자에 구멍 하나가 뚫렸다. 냄새는 나지 않았다. 먹을 게 아니라는 생각에 실망감이 밀려왔다. 구멍에서 20센티미터쯤 떨어진 자리에 구멍을 또 내고 옷걸이를 집어넣어 다른 구멍으로 잡아 뺐다. 엄마가 부어오른 발로 알루미늄 상자를 밟고 한참 용을 쓰며 잡아당겼더니 상자 일부가 찢어졌다.

"네 아버지 성격은 지금도 여전하구나."

상자 안에는 다른 포장 상자가 나왔는데 다행히 종이 상자여서 무난히 뜯겼다. 세 번 정도 그 일을 되풀이하자 키가 45센티미터인 은색 로봇 하나가 내 앞에 서서 나를 마주 보았다. 상자에 돈 봉투와 편지도 나와서, 엄마도 나도 봇 따위는 저만치 밀어 놓게 되었다.

사랑하는 아들 홍리야.

너의 여섯 번째 생일에 함께하지 못해 미안하구나. 대신 아빠가 만든 장난감 로봇을 보낸다. 이름은 팔리라고 지었다. 팔리와 함께 엄마를 도와드려라.

배터리 수명은 36개월이고 충전은 불가능하다. 아빠는 팔리의 수명이 다하기 전에 너와 엄마 곁으로 돌아갈 생각이다. 다시 만날 때까지 건강하게 지내렴.

머나먼 동쪽 바다를 바라보며 아빠가.

나는 거실 바닥에 쭈그리고 앉아 봉투를 열고 돈을 세었다. 그리고 엄마에게 건네면서 이렇게 말했다.

"돈가스 먹고 싶어요."

"그래, 오늘 저녁에는 돈가스 사 먹자."

엄마와 나는 사흘도 넘게 밀가루로 만든 음식만 먹었다. 정부 재정이 거덜 나고 개나 소나 도시로 편입되자 기본 소득마저 중단되어 구할 수 있는 음식은 수제비 아니면 국수밖에 없었다. 국수는 뜨거운 물에 들어가면 흐물흐물 풀어졌다. 나는 엄마가 반죽할 때 들인 힘이 형편없었다는 것을 잘 알고 있었다. 밀가루에서 벌레와 그 벌레가 까 놓은 알이 나왔는데 그것을 발견할 때마다 엄마는 기쁜 목소리로 울먹였다.

"이거야말로 질적인 변화가 아니고 무엇이겠니? 밀가루를 내주고 단백질을 얻었으니 말이다."

"저도 기뻐요."

사실 나는 질적인 변화가 무엇인지, 단백질이 무엇에 쓰는 물건인지 관심도 없고 알지도 못했다. 가끔 아버지가 까맣고 네모난 두부를 보내 단백질이란 단어는 알고 있었다.

5시쯤 되어 돈가스 가게로 가던 길에서 강도를 만났다. 강도는 이웃에 사는 꼬부랑 영감 레옹이었다. 고약하고 외로운 레옹 영감은 심하게 여위어 바람이 불면 픽 쓰러졌다 두 바퀴쯤 우습게 굴렀다. 그러고도 다치지 않고 죽지 않는 것을 보면 아마도 들쥐를 잡아먹는 게 분명하다고 했다. 남들 앞에서는 아닌 척 손을 저었지만 엄마와 나도 쥐를 구워 먹은 적이 있었다. 사실은 없어서 못 먹는, 우리 동네 특식 중의 특식이었다. 하지만 먹은 뒤에는 입을 잘 씻어야 했다.

"먹을 거 다 내놔, 이 여편네야."

엄마는 주머니를 뒤적뒤적하다가 잠깐만 기다리라고 하고는 부축하는 척 레옹 영감을 빈 닭장 위에 올려놓았다.

"여기서 홰나 치고 계세요. 돈가스 먹고 남으면 갖다 드릴게요."

레옹 영감이 엄마의 옷자락을 잡고 늘어졌다.

"실험실에서 나온 가짜라도 좋으니까 다 먹지 말고 꼭 내 몫을 챙겨. 안 그러면 네 아들한테 네가 진짜 엄마가 아니라는 거 다 말할 거야."

"얼마든지 그러세요. 우리 아들은 진짜가 뭔지 알지도 못해요."

레옹 영감의 야무진 손가락을 뿌리쳤으나 다른 쪽 손이 엄마의 머리채를 움켜잡았다.

"네 남편이 돌아왔을 때 네가 아들한테 상한 양고기를 먹여 죽일 뻔한 적이 있다고 일러바칠까 봐 겁나지? 그게 싫으면 먹을 거 가지고 오란 말이야. 혼자만 먹지 말고."

나는 길가에 우거진 단풍돼지풀을 꺾어서 엄마에게 건넸다. 엄마는 그 풀을 레옹 영감 얼굴에 대고 무자비하게 내리쳤다. 레옹 영감은 닭장에서 데굴데굴 굴러떨어져 허리를 다

쳤다며 엄살을 떨었다. 엄마는 레옹 영감의 얼굴을 세 번 짓밟았고 나는 아랫배를 두 번 걷어찼다. 그때 엄마와 나의 눈이 잠깐 마주쳤는데 이상하게도 나는 거기서 한나를 봤다고 느꼈다. 하지만 그건 터무니없는 착각이었다.

팩토리로 가서 한 시간을 기다리자 돈가스 2인분이 나왔다. 맛있게 다 먹고 레옹 영감을 피하려고 먼 길을 돌아 집으로 왔다.

현관문에 열쇠를 끼우는데 안에서 소음이 들렸다. 삐이이익 삑! 나는 외계인이 침입해 다른 우주와 교신하는 소리라고 주장했고, 엄마는 레옹 영감이 먹을 것을 뒤지는 중일 거라며 사건을 축소했다. 엄마가 곁에 세워 놓은 삽자루를 집어 들고 안으로 달려 들어갔다.

"다녀오셨어요?"

로봇이 절도 있게 꺾는 동작을 선보이며 다가와 미끄러지듯 한 바퀴 돌더니 엄마의 부어오른 다리 옆에 섰다. 기적 같았다. 떠돌이 구역의 집은 언제나 괴한들의 침입에 노출되어 있어 안전하기는커녕 범죄의 온상이었는데 괴한이 아니라 로봇이 우리 집에 나타난 것이었다.

"안녕."

팔리와 나의 잊을 수 없는 첫 대면이었다. 봇은 청소를 하고 있었다. 우리 집에서 그런 일은 전혀 필요하지 않았으므로 나는 집 밖에서 봇에게 잘못된 명령을 내리는 아버지를 상상하는 계기가 되었다. 특히 배달된 즉시 전원 버튼을 눌렀을 때는 반응하지 않다가 엄마와 내가 돈가스 가게에 가느라고 잠시 집을 비운 사이 명령이 집행되어 더더욱 그런 상상에 심취하게 되었다.

봇은 가끔 집 밖으로 심부름을 다녀왔다. 친척 집에서 소금을 얻어 오거나 밀가루와 감자를 바꿔 오는 일거리에 안성맞춤이었다. 팔리 때문에 내 일상은 꽤나 편해졌다. 녀석은 아는 것도 많아서 자연스럽게 우리 집 지식 전달자가 되었다. 나에게 서랍 정리로 생각하는 법을 가르친 것은 엄마이지만 언어는 팔리를 통해 배웠다. 팔리에게 배운 언어로 동네 사람들을 내 방식대로 판단하고 상상하고 흉보는 일은 재미있지는 않아도 기분 풀이로 그만이었다. 어느 날은 난데없이 덧셈과 뺄셈을 숙제로 내기도 했다. 싫다고 하면 이렇게 말했다.

"숫자를 성실하게 계산하다 보면 언젠가는 0이 답이 되는 순간이 옵니다. 그날은 만나고 싶은 사람을 만나게 되는 날입니다."

"그게 정말이야?"

"네, 저는 기계라서 거짓말을 못 합니다."

나는 만나고 싶은 사람을 상상하면서 열심히 계산했다. 내가 만나고 싶은 사람은 우리 집으로 먹을 것을 배달하는 택배 기사였다. 어느 날 드디어 답이 0이 되는 순간이 온 것 같았다. 인터폰이 울리고 벨 소리가 집 안에 울려 퍼졌다.

"04590에 배달된 택배입니다."

현관문 밖에서 우리 집 넘버가 정확히 읊어졌다. 그런데 그때 팔리가 잠깐! 하고 주의를 주더니 문을 열려고 현관으로 다가가는 엄마를 제지했다.

팔리가 말했다.

"이상합니다."

엄마가 멈춰 서 눈을 동그랗게 하고 입술을 오므린 채 "뭐?"라고 물었다. 급한 상황임을 잊었는지 팔리는 고개를 갸웃거리면서 귀를 기울였다. 그러더니 엉뚱한 소리를 했다.

"목소리가 들립니다. '내가 여기 있습니다.'라고 말하고 있는데 겁에 질려 있습니다."

현관 밖에서 다시 한번 문을 두드렸다. 팔리가 감지한 느낌을 존중하기라도 하듯 엄마는 나를 번쩍 안아 안방 벽장 속 선반 위로 올려놓았다. 불안한 표정이었지만 택배라는 설렘이 마음의 뒤를 받치고 있어 절망적일 정도는 아니었다. 나의 불안도 엄마 정도에서 그쳤다.

"더 안쪽으로 들어가 숨어 있어."

"팔리, 팔리는요?"

"팔리는 붙박이 서랍에 잘 넣어 둘게. 넌 여기서 꼼짝하면 안 돼. 알았니?"

고개를 끄덕이며 사용하지 않는 이불 더미에 숨어 커버가 벗겨진 베개로 바리케이드를 치는데 벽장문이 닫혔다. 곧이어 엄마의 비명이 들리더니 무언가 와장창 깨지는 소리가 들렸다. 그것이 유리창인지 그릇이나 솥이 떨어지면서 나는 소리인지 상상할 틈도 없었다. 떠돌이 괴한들은 무거운 발소리를 내면서 여기저기 뛰어다니는 것 같았고, 엄마의 비명은 시간이 지날수록 처절해졌다. "이게 어디서 나온 로봇이야?", "네가 마징가제트냐? 네가 슈퍼맨이야?" 하는 괴한의 음성에 소름이 끼쳤다. 두꺼운 것과 얇은 것, 무거운 것과 가벼운 것이 모조리 깨지고 있다는 절망이 마음을 집어삼키는 순간, 재채기가 날 것처럼 코가 간지러웠다. 양손으로 코를 막고 얼른 벽을 향해 돌아누웠다. 그러다가 잠이 들었다.

시간이 얼마나 흘렀을까. 밖으로 나가 보니 내가 정리한 서랍들은 뒤죽박죽 엉망이 되어 있었고 팔리 역시 만신창이로 부서진 채 여기저기 흩어져 있었다. 엄마는 발가벗겨진 상태로 엎드린 채 침대 위에 죽어 있었다. 흐르다가 멈추기 위해 찐득해진 피는 검게 변해 있었으나 단 한 방울의 피만 붉디붉은 빛깔로 가쁜 숨을 몰아쉬고 있었다. 엄마의 오른쪽 어깨뼈에 맺혀 있던 핏방울이었다.

"엄마."

울면서 엄마를 흔들다가 손이 날개 뼈에 닿았으나 핏방울은 지워지지 않았다. 피가 아니라 점이라는 걸 그제야 깨달았다.

사흘 내내 엄마를 부르며 울었더니 레옹 영감이 나타났고 뒤이어 사람들을 불렀다. 엄마는 흰 천에 싸여 어딘가로 실려 갔다. 팔리는 내가 직접 거두었는데 깨진 잔해를 쓸어 모으다가 꿈인 듯 현실인 듯 그것을 보았다. Θ자형 문자였다. 안에는 분명 II가 아니라 I이라는 숫자가 새겨져 있었다. 하지만 이상하게도 그 장면은 무심하게 흘러갔다. 나와는 아무 상관이 없다는 듯이 말이다. 처음에는 팔리를 산에 묻으려고 했으나 생각을 바꾸었다. 산으로 가는 입구에 나쁜 사람들이 모여 지나가는 사람들의 보따리를 검사하고 있었다. 나는 팔리를 상자에 담아 강물에 띄우고 그것이 보이지 않는 곳으로 흘러가도록 내버려 두었다. 종이 상자여도 코팅이 되어 있어 거뜬히 잘 갈 것 같았다.

"동쪽 바다로 가야 해, 알았지?"

나는 그 자리에 서서 오래오래 손을 흔들었다.

한참을 걸어 도착한 곳은 집이 아니라 국숫집이었다. 나는 주머니에 손을 넣고 있었고 손아귀에 엄마의 머리카락이 한 주먹 잡혔다. 그것을 놓기가 싫어 멀리 서서 솥에서 김이 모락모락 나는 것을 지켜보았다. 그런데 뭔가 어색해서 내 몸을 살펴보니 방금 전과는 달리 부쩍 자라 있었다. 그제야 내가 다른 방으로 옮겨졌다는 걸 알 수 있었다. 우리 마음의 쓰레기통이라고 할 100개의 방 중에서 두 번째, 혹은 세 번째 방에 도착한 것이다. 가슴이 덜컥 내려앉았다. 팔리의 바디에서 문자를 확인했어야 한다는 생각이 들었다.

난 문자를 확인했어.

문자를 확인했어야 한다는 것과 이미 확인했다는 생각이 팽팽하게 맞섰다. 확인하지 않았지만 확인했다고 믿고 싶은 소망과 편견이 끼어든 것 같아 어느 것이 사실인지 알기 어려웠다. 보았던 것을 기록했어야 했는지도 모른다. 손바닥이나 내 몸 어딘가에 새기는 것 말이다. 산산이 조각난 팔리를 모으면서도 그 순간의 중요성을 왜 소홀히 했을까. 팔리와의 재회를 무의미하게 소진해 버린 것 같아 가슴이 아팠다.

그때 누군가 내 팔을 움켜잡았다.

"이 도둑놈! 드디어 잡았다."

머리를 빡빡 민 덩치 큰 남자가 새끼줄을 가져와 내 몸을 꽁꽁 묶은 다음 어두운 창고에 가뒀다. 창고 밖에서 덩치 큰 남자의 말소리가 들렸다. 그는 어딘가로 연락을 하더니 흥정을 했고 나는 몸을 더 키워야 한다는 이유로 싼값에 팔렸다. 어디로 팔려 가든 상관은 없지만 밥은 실컷 먹고 싶었다.

"날 놔줘요."

배도 고팠지만 묶인 팔이 저려 몸부림을 쳤다. 못에 찔려 피가 흐르기 시작했다. 다행히 나를 사겠다는 사람이 도착하기 전에 기회가 왔다. 새끼줄을 칼로 잘라 준 것은 덩치 큰 빡빡머리의 딸이었다.

"이거 가지고 빨리 가. 저쪽으로 가면 목공소가 나와. 문을 두드리고 뚠나가 보내서 왔다고 해. 어서 가."

한참 달리고 나서 확인했더니 뚠나가 쥐여 준 것은 주먹밥이었다. 노간주나무 밑에 앉아 정신없이 주먹밥을 삼켰다.

목공소는 까맣게 잊어버렸다.

하지만 얼마 후 뚠나와 나는 목공소에서 재회해 함께 일하게 되었다. 뚠나는 기술자였고 나는 생나무를 나르는 일꾼이었다. 나는 뚠나 앞으로 잘 마르고 좋은 나무를 가져다 놓았다. 뚠나는 나를 기억하지 못했다. 그녀는 공예품 만드는 데 정신이 팔렸다가 조장이 나타나자 일어나 반겼다.

"왜 이제야 왔어요?"

두 사람이 연인처럼 어깨동무하고 밖으로 나간 사이 나는 그녀가 하던 일을 마저 끝내려고 땀을 흘리며 톱을 켰다.

"넌 정말 어리석구나."

옆에서 일하던 다른 목공이 비아냥거렸다. 어릴 적 이웃에 살던 레옹 영감처럼 병약해 보이는 표정이었고 그것을 감추려는 듯 머리 꼭대기에 빵모자가 씌워져 있었다.

"뚠나가 너를 풀어 준 건 네가 좀 더 자라야 더 많은 돈을 받을 수 있기 때문이야. 정확히 말하면 네 장기가 자라기를 바랐던 것이지."

"뚠나는 좋은 사람이야. 그럴 리 없어."

"누구든 타인을 팔지 않으면 살기 힘든 세상이야. 부모는 자식의 기억을 팔고 아이들은 부모의 심장을 팔지. 그러면서도 아무렇지 않은 이유가 뭔지 알아?"

그는 흘러내리는 빵모자가 눈을 가리자 테두리를 한 번 더 걷었다.

"뭔데?"

"서로를 알아보지 못하기 때문이야. 그것이야말로 가진 자들이 노리는 것이기도 하고. 난 망가진 몸이라 움직이기 힘드니 넌 도망쳐라. 아직 아무것도 빼앗기지 않았을 때 힘껏 달릴 수 있어."

나는 아버지를 만나면 알아볼 수 있어.

빵모자를 믿을 수 없어 뚠나를 도와 계속 일했고 며칠 후 그녀가 가리킨 트럭에 올라탔다. 함께 탄 사람들은 지옥으로 가는 트럭이라며 울고불고했지만 내게는 행운이 뒤따랐다. 트럭에서 내려 잠시 쉬는 사이 필귀를 만났기 때문이었다. 심부름을 갔던 사람이 시간을 지체하지 않았다면 필귀를 만나지 못했을지도 모른다.

필귀는 지나가다가 차를 세우고 풀밭에 앉아 종이비행기를 날리는 내게 다가왔다. 종이비행기는 아무리 힘주어 날려도 바람 때문에 제자리걸음이었고 내 머리 위로 뒷걸음질해 떨어졌다. 필귀가 그것을 집어 들고 날리려다 뭔가를 발견한 듯 종이비행기를 풀었다.

"편지구나. 누구한테 보내는 거야?"

나는 대답하지 않았다. 다른 뜻은 없었다. 귀찮았고 배가 고팠다.

"네가 홍리구나. 이름이 단단한 느낌인데. 돌로 내리쳐도 깨지지 않겠어."

그러더니 혼잣말인 듯 "동쪽 바다를 바라보고 있다면 아빠가 석굴암인가?" 하고 편지를 다시 종이비행기로 접어 날렸다. 내가 날렸을 때처럼 멀리 가지 못하고 내 앞으로 돌아와 풀 더미 위로 떨어졌다.

"오늘은 글러 먹었어. 바람이 방향을 바꿀 때까지 기다려야 할 것 같다."

"방향이 바뀌지 않으면요?"

"그런 법은 없지. 편지는 반드시 목적지에 도착해."

"비가 오거나 천둥이 치면요?"

"그럴 땐 거들어야지."

"어떻게요?"

"입김을 불어. 후. 잘 날아가라고."

"헤헷."

웃는 내 얼굴을 골똘히 보던 필귀는 곽표라는 과학자를 아냐고 물었다. 나는 고개를 가로저을 뿐 별다른 대꾸는 하지 않았다. 그때 물을 구하러 갔던 사람이 돌아왔다. 우리는 물병을 하나씩 들고 벌컥벌컥 생수를 들이켰다.

"이 애는 내가 데려가겠어."

필귀가 양해를 구하려고 운전하던 사람을 으슥한 곳으로 데려갔다. 한참 뭐라고 속닥속닥하더니 운전하던 사람이 내게 다가와 따라가도 좋다며 턱짓을 했고 내 귀에 대고 비밀 이야기를 남겼다.

"필귀는 노파를 위해 일해."

"노파요?"

"그런 게 있어. 사람은 좋은데 하는 일이 위험하지. 평생 밥은 굶지 않을 거야. 어쩔래?"

나는 필귀를 따라 기차역으로 가서 A-city행 고속 열차를 탔다. 필귀의 차는 트럭에 탔던 사람이 운전하고 트럭을 따라 사라졌다. 자동차와 나를 바꾼 것 같았다. 그 순간 내가 선택한 것은 노파도 필귀도 아니었다. 난 A-city를 선택했다. 세상 모든 여성의 권익을 두루두루 살피겠다는 백은 시장의 도시. 그것이 뒤늦게나마 나의 엄마를 애도할 유일한 방법이라고 생각했다.

석 달간 교육이 끝나고 마스터가 나를 보안국 수습 학생으로 입학시켰을 때 필귀는 갖고 싶은 것이 있거나 가고 싶은 데가 있으면 말하라고 했다.

"제가 살던 집에 가 보고 싶어요."

그렇게 해서 4년 9개월 만에 집으로 돌아갔다. 교통수단 때문에 함께 갈 수밖에 없던 필귀는 밖에서 기다렸다. 나는 현관문 앞에서 오래전 그 택배 기사처럼 큰 소리로 문을 두드렸다.

"엄마, 나 왔어요."

이 방 저 방 돌아다니다가 새로운 사실처럼 안 게 있었다. 우리 집에는 방이 일곱 개나 되었다. 나는 4년 9개월 전까지 거기 살았다. 거실은 꽤 넓었고 해가 잘 드는 방향이었다. 부엌은 문을 밀고 들어가야 나왔다. 이상하게도 안은 어제까지 밥을 해 먹었나 싶을 정도로 깨끗하게 정돈되어 있었다.

'난 그림자란다.'

어쩌면 그림자 엄마가 말라 죽은 담쟁이들을 지휘해 밖에서는 열 수 없게끔 쪽창을 사수했는지 모른다. 아니면 레옹 영감이 들어와 먹을 것이 있나 뒤지다가 정리한 걸 수도. 내가 태어나기 전에는 자고 일어나 부엌으로 나가기만 하면

김이 모락모락 나는 곰탕이며 방금 부친 빈대떡과 말아 먹기 쉬운 국수가 준비되어 있었다고 했다.

그런데 지금은 다들 어디로 갔을까.

왜 나는 이렇게 외로워야 하는가.

부엌에서 나가 장롱을 뒤져 커다란 바구니와 서랍장을 까뒤집었다. 켜켜이 쌓인 먼지 속에서 장난감 무전기가 나왔다. 반갑고 고마워 눈물이 났다. 반쯤 열린 서랍장에서 버선 한 짝과 양갈비 회사의 로고가 새겨진 부채 두 개와 엄마의 머리띠가 나왔다. 그 밖의 다른 것들은 어디로 갔는지 알 수 없었다.

다시 부엌으로 들어갔다. 냉장고 문을 잡는데 손이 부들부들 떨렸다. 쥐라도 튀어나오면 어쩌나 걱정이 앞섰다.

아! 그런데 이게 웬일일까. 내가 오랫동안 밖에서 떠도느라 방치해 두었는데도 불이 켜졌고 모터가 윙 소리를 내며 돌아갔다. 냉장고는 죽지 않고 살아 있었다. 허겁지겁 냉동고를 열었다. 처음과 거의 달라진 게 없는 꽃무늬 상자가 보였다. 가로 7센티미터, 세로 7센티미터, 높이 7센티미터인 상자는 내가 집을 떠나기 전에 공들여 만든 것이었다. 빨간 끈의 매듭도 그대로였다. 매듭의 모양과 길이를 보고 아무도 풀어 보지 않았다는 것을 알 수 있었다. 상자를 식탁으로 가져와 조심스럽게 풀었다. 엄마의 머리카락을 보자 속에서 울컥 무언가 올라왔다. 달라진 건 내 키와 나이뿐인지도 모른다.

"엄마. 보고 싶어요."

울면서 떠올린 엄마 얼굴이 한나의 모습을 닮아 있는 게 이상하게 느껴지지 않았다. 실컷 울고 나서 상자를 다시 포장해 냉동실에 넣었다. 위에는 무전기를 조심히 올려놓았다.

"엄마, 내가 정식 요원이 돼 월급을 많이 받는 사람이 되면 꼭 데리러 올게요. 조금만 참고 기다려 주세요."

냉동고 문을 닫는데 갑자기 참을 수 없는 두통이 밀려오면서 숨쉬기가 힘들어졌다. 나는 바닥에 쓰러졌고 통증의 강도에 따라 여기저기 관절을 꺾거나 비틀면서 굴러다녔다. 그때야 다음 단계를 선택해야 한다는 것을 알았다. 아무 버튼이나 눌렀더니 습격이나 다름없었던 통증이 거짓말처럼 가셨고 나는 축 늘어졌다.

그런 다음 나는 징이 박힌 가죽점퍼 차림에 카우보이모자를 쓰고 어느 집 현관 밖에 서 있었다. 문을 대여섯 번 두드렸는데 반응이 없어 건물 뒤로 돌아가 블랙잭 나이프로 유리창을 깼다. 안으로 진입하려고 창턱에 오른손을 올렸다가 소스라치게 놀랐다. 뾰족하게 조각난 유리 단면에 내 얼굴이 비쳤다. 처음 보는 사람 짐승이었다.

15 / 나오고 나서

다음 날 아침이 되자 어제 일은 까마득하게 흐려졌다. 몸의 알맹이가 다 빠져나가고 텅 빈 껍데기만 남았지만 정체모를 평화로움이 나를 감싸고 있었다. VR에서 나와 마스터에게 구두로 간단히 보고를 했다는 것까지 기억이 났지만 뭐라고 했는지 오리무중이었다. 기억을 되새기려고 하면 하품이 나와 온몸이 나른하게 가라앉았다. 추수가 끝난 가을 들판에 굴러다니는 이삭처럼 마음속 단어 몇 개가 떠올랐다. 팔리, 엄마, 떠돌이 괴한, 머리카락, 냉동고, 빈집, 돈가스…… 그리고 아버지. 그런데 그 단어들마저 물에 빤 것처럼 깨끗해서 단어라기보다는 꽃송이 같았다.

"저를 왜 불렀습니까?"

한스는 별일 아니라고 하는데도 반복해 물었다.

"목이 말랐나 봐. VR로 들어가기 직전이라 긴장했던 것 같기도 하고."

"그게 아닌 것 같은데요."

"내가 왜 불렀는지 네가 어떻게 안다고 아니라는 거야?"

'이 삼류 고물 로봇아.'라는 빈정거림은 속으로만 되뇌었
다.

"뭔가…… 급박한 목소리였습니다."

"급박했어. VR로 들어가기 전이라 좀 긴장했던 것 같기도
하고. 네가 대답하지 않아 얼마나 불안했는지 알아?"

"아닙니다."

난 네가 필요했는데 너는 옆에 없었다. 그렇게 말하면 한
스가 미안해할 줄 알았는데 계속 우기기만 하니 어이가 없
었다. 봇이 이제는 강박 증세까지 보였다.

"그게 아닙니다."

"뭐가 아닌데?"

"제가 어제저녁에 들었던 '내가 여기 있습니다.'라는 목소
리는 단순히 갈증을 호소하는 게 아니었습니다. 그건 매우
위험하고 긴장된 상태에서 나온 구조 요청이었습니다."

"그건 내가 보낸 메시지도 아니고 나나가 보낸 것도 아니
라는 게 이미 확인됐잖아. 네 안에 입력된 음성 파일이 작동
한 거라고."

"그 목소리가 들린 것은 밤 12시 58분이었습니다."

내가 별다른 반응을 보이지 않자 한스는 한심하다는 눈으로 나를 쳐다보고는 아래층으로 내려가 버렸다. 나는 다시 병적일 정도의 평화 속으로 빠져들었고 마스터의 홀로그램이 나타났을 때는 귀찮다는 생각마저 들었다. 마스터는 어떠냐고 물었다.

"좋습니다."

"좋다니, 무슨 헛소리야."

결국 몸을 곧추세우고 어제 내가 한 보고의 핵심 내용이 뭐냐고 물을 수밖에 없었다. 평소 같았으면 불리한 질문은 하지 않았을 테지만.

"클린업(Clean Up)된 것 같다고 했잖아. 지금도 그런가?"

"클린업이요?"

처음 듣는 단어 같았지만 이 순간의 기분을 정확히 표현한 것이기는 했다. 나는 더도 덜도 아닌, 클리닉에 다녀온 것 같은 느낌에 잠겨 있었다.

"필귀나 다른 친구들은 카타르시스라고 하더군."

"아!"

그것 역시 내 마음과 경험을 사실적으로 표현하는 단어였다.

"백은 시장이 오래전에 〈신체 간의 접촉이 인간의 정서 변동에 미치는 영향〉이라는 논문을 쓴 적이 있거든. 부모와 자식 간이든 남녀 사이든 스킨십이 인간의 정서를 안정시킨다는 사실에서 힌트를 얻어 이론을 전개했다고 하더군. 그런데 그것과 어린 시절 천진했던 나나의 놀이를 연결해 뭔가를 실험한 것 같아."

그게 어떤 실험인지 자세히 알아내는 게 이번 VR 체험의 목표라고 했다. "백은 시장의 깊은 뜻이야 당사자만 알겠지만."이라는 빈정거림도 잊지 않았다. 내가 보고한 내용 중에는 클린업보다 더 놀라운 것도 있었다.

"신체를 잃어버린 것 같다고도 했어. 지금은 어때? 신체가 감각되는가?"

기억이 떠오르자 나는 조금 멍해졌고 대답할 말을 찾느라 시간을 끌었다. 블랙잭 나이프를 든 나는 내가 아니었다. 호랑이를 닮아 털이 호화롭게 얼룩져 있었지만 호랑이도 아니었다. 호랑이는 호랑이 세계에 속해 있어 호랑이의 규칙을 따르기 마련이었다. 이를테면 배부른 호랑이는 사람을 공격하지 않았다. 블랙잭 나이프를 든 자는 오직 파괴하라는 명령을 받았고 아주 위험했다. 그자의 피와 살을 가져 봤기에 분명히 그렇다고 말할 수 있었다. 놈은 어마어마한 폭력성으로 집을 부수기 시작했다. 서랍을 엎고 로봇을 망가뜨렸으며 여자의 신체를 뒤에서 짓눌렀다. 발로 서랍장을 망가뜨려 돈이 될 만한 물건을 찾고 있는데 여자가 몸을 꿈틀거리더니 귀신처럼 일어나 앉았다. 순간 나는 여자의 얼굴을 보고 말았다. 큰일 났다고 생각했다.

'스위치를 눌러.'

그건 누가 하는 말이었을까. 스위치를 누르자 온몸으로 그것이 퍼져 나가는 감각이 나타났다. 주사를 맞은 것과 흡사했지만 감각이 일어나는 곳은 혈관이 아니라 피부였다. 처음에는 전류나 물이 흐르는 것 같았지만 이내 그것은 퍼지는 게 아니라 거두어진다는 것을 눈치챌 수 있었다. 나이면서 내가 아닌 자에게 바인딩되었던, 불편하기 그지없었던 사람 짐승이 사라지기 시작했다. 강제 추방이었고 인위적인 제거였다. 마음을 오른쪽 엄지발가락에 올려놓으면 엄지발가락이 사라지고 마음을 검지 발가락과 나머지 발가락에 올려놓으면 그것들이 동시에 사라졌다. 곧이어 발목 아래가 뭉텅 잘려 나갔다. 사라진다는 감각에는 고통이 뒤따르지 않았다. 쾌감도 없었다. 사라짐이 목까지 올라왔을 때 나는 긴장했다. 목 위가 지워지면 죽는 것일까. 마음이 콧구멍에 닿았을 때 원시 시대 어느 아궁이에서 따닥 하고 장작더미가 무너져 내리듯이 콧구멍이 녹아서 흘러내렸다.

몸 안에서 짐승 한 마리가 빠져나가자 그렇게 가뿐할 수가 없었다. 비로소 내가 순수한 한 명의 인간이 된 것 같았다. 죽은 건 누구일까.

팔짱을 낀 홀로그램이 나를 골똘히 들여다보고 있었다.

"그런데 클린업은 저절로 온 건가 아니면 자네가 이루어낸 건가?"

나는 대답할 수 없었다.

"이건 분명히 사고 작용의 결과는 아니거든. 타임머신에 탑승한 것처럼 체인지를 통해 역지사지의 플롯으로 들어가 사건을 경험하는 방식인데 말이야. 백 시장의 설명으로는 Nell3를 하고 있으면 정화의 상태가 계속된다는 거잖아."

"아, 그게 그 소리였군요."

"혹시 클린업이 어떤 몰수 과정이라는 생각은 안 들어?"

"네?"

"몇몇이 그런 보고를 해 와서 말이야."

나는 고개를 갸웃거렸다. 그런 것 같기도 하고 아닌 것 같기도 했다. 내가 그 밖에 또 헛소리를 한 게 있느냐고 물었더니 마스터는 "있어." 하면서 놀렸다.

"애니멀 메이킹을 잡아야 하는데 한스가, 한스가 하면서 아쉬워했어. 도대체 VR 보고에 한스가 왜 나오는 거야? 엉?"

"그러게 말입니다."

부끄러움이 밀려와 뒷머리를 긁적거렸다.

그때 세 가지 일이 동시에 일어났다. 한스가 2층으로 다시 올라왔고, 내 앞에 서서 마스터와 나의 대화가 끝나기를 기

다리고 있는데 하필이면 보안국 중앙 본부에서 마스터에게
짧은 대화를 요청했다. 한스와 나는 정지된 홀로그램 앞에서
말없이 대기했다. 그러는 사이 내 안에서는 애니멀 메이킹에
들어가 경험했던 일이 사실적으로 복기되기 시작했고 지금
까지 마스터에게 보고한 것과 전혀 다른 맥락이 나타났다.

떠돌이 괴한들에게 문이 개방되기 전 팔리는 분명 '내가
여기 있습니다.' 하는 목소리를 들었다고 했다. 혹시 그 시각
이 한스가 말한 12시 58분쯤이었을까. 한스에게 도착한 그
목소리는 어디에서 출발한 것일까.

말도 안 돼.

나는 홀로그램 곁을 벗어나 실내를 서성거렸다. 혼란스러
웠다.

'생각을 모아. 서로 연결을 시키란 말이야.'

그건 마스터의 조언도 아니고 한스의 속삭임도 아니었다.
내가 나를 독촉하는 소리였다. 사실은 이미 조각과 조각이
서로 연결이 되어 있는데 스스로 모른 척했던 게 아니었을
까. 진실이 무엇이든 간에 여기에는 누군가의 주관적인 의도
가 개입되어 있다는 확신이 들었다. 팔리와 한스의 바디에는
동일하게 ⊖자가 새겨져 있었다. 같은 사람이 만든 로봇일
가능성이 컸다. 두 개의 봇은 '내가 여기 있습니다.'라는 소
리를 듣는다. 어젯밤 나는 한스를 부르기는 했지만 내가 여

기 있다고 말한 적은 없다. 그건 나의 화법이 아니었다. 어제 그 시각, 한스는 위험에 처한 목소리를 들었다고 했고 나는 위험에 처한 팔리를 보았다. 그렇다면 '내가 여기 있습니다.' 는 상대방이 아니라 자신이 위험에 처했을 때 작동되는 목소리인가. 그렇게 한스의 파일은 팔리를 부르고 팔리의 파일은 목소리가 되어 편지처럼 한스에게로 날아간다?

그러다가 팔리가 위험에 처했음을 느낀 그 순간이 현실이 아니라 VR이라는 생각에 이르렀다. 이를테면 VR과 현실 세계가 서로 교신을 주고받았다는 이야기가 되었다.

평화로운 감정 상태는 깨졌다. 거짓된 세계에서 어렵게 도망친 것 같은 기분이 드는가 하면 그게 정말 거짓된 세계였나 의심이 갔다. 단순한 우연인지 애니멀 메이킹의 기술인지 짐작하기 어려웠다. 남은 방법은 만나 보는 것이었다. 이제는 가야만 했다. 내가 여기 있다며 아픈 목소리로 나를 부르는 애니멀 메이킹에게로.

한스에게 어제 겪은 상황에 대해 물어보려고 하는데 보안국 중앙 본부와 대화를 끝낸 마스터가 움직임을 재개했다.

"지금 중요한 건 그게 아니네."

"왜요? 무슨 일이 있습니까?"

"백은 시장에게 무슨 일이 있는 것 같아."

그 말이 떨어짐과 동시에 한스가 슬그머니 아래층으로 내려갔다. 마스터의 홀로그램이 한스의 뒷모습을 힐끗 쳐다보았다.

"중대한 문제가 생긴 게 분명해. UA와 관련된."

"UA요?"

"백은 시장이 무슨 일인지는 밝히지 않은 채 A-city 전체에 비상령을 발동하고 은밀히 복제 인간들을 풀었어……. 혹시 어제 한스가 UA에 가지는 않았겠지?"

"그럴 리가요."

부정하는 순간 머리를 치고 지나갔다. 밤 11시에 UA에서 한나와 만나기로 한 약속은 필귀 때문에 공식적으로 취소되었다. 그런데 내가 VR에 들어갈 즈음 한스는 분명히 집에 없었다. 있었다면 부르는 소리를 듣지 못했을 리 없다. 한스의 부재와 UA에서 일어났다는 사건이 연관 있을지도 모른다는 상상은 매우 불쾌한 것이어서 나를 위축시키고 말았다. 만약 한스가 내 허락도 없이 UA에 갔다면 도저히 수습할 수 없는 일이 일어났다고 봐야 했다.

마스터가 사라진 뒤 아래층으로 내려가려는데 한스가 올라왔다. 우리는 원형 계단 중간에서 만났다. 한스는 단도직입적으로 털어놓았다.

"사실은 아래층에 손님이 와 있습니다."

UA에서 일어났다는 사건의 윤곽은 알 수 없지만 왠지 한나가 와 있을 것 같은 예감이 머리를 치고 지나갔다. 가능하지는 않지만 불가능한 일도 아니었다. 한스가 1층 부엌 옆에 있는 카페테리아로 나를 데려갔다.

"아!"

조심스러웠던 것과 달리 한나를 보는 순간 마음에서 또 불이 켜졌다. 같이 놀고 싶었던 소중한 동무가 내 공간에 들어와 있는 것 같은 안정된 느낌이었다. 한나는 긴 소파에 등을 보인 채 누워 있었고 가만히 다가가도 반응이 없었다.

"잠들었습니다."

그때 한나의 오른쪽 귀가 내 시야를 압도했다. 거기에는 거즈가 붙어 있었고 안대처럼 끈으로 연결해 고정된 상태였다. 나는 입을 다물지 못한 채 설명을 요구했다.

"Nell3를 제거하느라 상처가 생겼습니다. 하루 정도 지나면 아물 겁니다."

그걸 지금 말이라고 하냐는 소리가 미처 안 나왔다. 마스터는 나인데 언제까지 이렇게 끌려다니기만 할 것인가. 게다가 한나가 입고 있는 배 껍질 색으로 된 박스형 원피스에는 핏방울이 떨어져 있었다. 앞으로 일어날 일의 전조 같아서 소름이 끼쳤다.

한나를 깨우지 않았으면 한다고 해서 그대로 둔 채 2층으로 올라갔다. 지난번에 만난 한나는 엄마인 백은 시장에게 강한 유대감을 느끼고 있어 이곳에 온 의미를 정확히 가늠하기 어려웠다. 산책을 나온 게 아니라면 한스가 억지로 데려왔거나 속임수를 썼을지도 모른다. 너는 한나가 아니라 나나라는 식상한 이야기를 몇 번이나 반복했을까. 백은 시장이 복제 인간들을 풀어 한나를 찾고 있을지도 모르는 일인데.

자초지종을 묻기 전에 확인하고 싶은 게 있었다.

"어젯밤 내 목소리를 들었던 시각이 12시 58분이었다는 건 어떻게 알았어?"

"한나와 제가 UA 인공 정원에서 아름답고 따뜻한 이야기를 나누고 있을 때 '내가 여기 있습니다.'라는 목소리가 들렸습니다. 저는 재빨리 귀를 기울였고 시간부터 확인해 두었습니다."

"그걸 왜 나나 목소리가 아니라 내 목소리라고 생각했던 거야?"

"나나는 곁에 있었습니다."

"흠."

"그건 바로 곁에서 나는 게 아니라 먼 곳에서 들리는 소리였습니다. 아주 급했고요. 그런 상황에서 제가 당신을 떠올리는 건 자연스러운 일이었습니다. 무엇보다 그 순간에 한나는 전혀 급하지 않았으니까요."

"한나 다음이 나이기는 하구나."

"네?"

"아니야."

나는 솔직히 털어놓았다.

"너를 부른 건 내가 아니야."

"그럼?"

"아무튼 나는 아니야."

그렇게 무마시키고 난 뒤 한나가 이곳으로 오게 된 사연을 캐물었다. 한나가 나나인지도 분명하지 않을 뿐더러 그녀를 강제로 이곳으로 데려오는 건 매우 걱정스러운 일이라고 밝혔다.

"더구나 한나가 Nell3를 스스로 제거했을 리 없잖아?"

내 목소리는 어느새 시비조가 되어 있었다.

"자기 손으로 살을 후벼 파 스스로 제거했습니다."

무슨 일이 있었냐고 물었더니 충격을 받을 만한 일이 있었다고 운을 뗐다. 한나를 무사히 만나 두 시간 정도 인공 정원에서 시간을 보낼 때는 아무 문제가 없었다고 했다. 한나는 우리가 올 것에 대비해 정원 안에 홀로그램 요정을 여러 개 풀어놓았는데 그중에 피터 팬과 팅커벨이 있었고 둘은 진짜 앙숙처럼 싸우면서 소란을 일으켰다. 한스는 한나가 일일이 끼어들어 간섭하고 심판 보는 것을 지켜보느라 시간 가는 줄 모르고 놀았다. 그러는 사이 이상한 교감이 발생해 둘은 스스럼없이 친해졌다.

"이상한 교감이라니?"

"제대로 설명하기 어려울 것 같습니다. 정확히 말하면 한나가 저를 믿기 시작하면서 생긴 일 같으니까요."

이후 한나는 한스의 사연을 거부감 없이 들어 주었다. 하지만 한스 이야기에 나오는 나나가 자신이라고 확신하지는 않았다고 했다. 지난번에 한스가 나나에게 전해야 할 이야기가 있다고 한 일에 관심을 보이지도 않았다.

"그런데 뭐가 문제야? 간호사들이 깨어나기라도 한 거야?"

한스는 고개를 가로저었다.

"당신이 나를 불렀다니까요. 급한 것 같았고요."

"아! 12시 58분에?"

그게 그런 뜻이었구나. 나도 모르게 한스의 이야기 속으로 빨려 들어갔다.

"제가 가 봐야 한다고 했더니 한나가 저를 배웅하려고 동해 방향 출구까지 함께 나왔는데 하필 그때 백은 시장이 두고 간 물건을 찾으러 UA로 들어왔다가 우리를 발견한 겁니다."

"그래서?"

"처음에는 우리가 누구인지 알아보지 못한 것 같아 한나는 바다로 숨었고 체구가 작은 저는 장치 모드를 바꿔 바위 뒤로 숨었습니다. 카봇은 그곳과 떨어져 있어서 어쩔 수 없었습니다. 문제는 그 뒤에 한나가 경험한 것입니다. 백은 시장은 한나의 빠르고 독특한 움직임을 캐치해 무슨 일이 일어난 것인지 알아차렸고 비상 장치를 가동해 순식간에 소형 AI들을 출격시켰습니다. 바다를 뒤지기 시작한 겁니다."

"바다로 들어가고 바다를 뒤지다니, 바다가 무슨 놀이공원도 아니고. 그게 다 무슨 소리야?"

"한나는 물속에서 오래 버티는 능력이 있습니다. 30분 이상을 버틴 것 같습니다."

"물 밖으로 안 나오고 30분을 버텼다니, 그게 말이 돼?"

"실제로 그런 일이 제 앞에서 일어났습니다. 나중에 한나에게 들었는데 물속에서 갈치 떼에 섞여 이동하는데 갈치로 위장한 소형 AI 열 기가 튀어나와 갑자기 한나를 포위했답니다. 궁지에 몰린 한나가 물 위로 떠 오르자마자 다른 AI들이 한나를 체포했는데……."

"그래서?"

"그들은 한나를 체포하려고 산짐승을 잡을 때 쓰는 그물을 사용했습니다. 백은 시장에게는 명령을 어기는 모든 인간이 잠재적 산짐승일까요. AI들에게 그물을 던지라고 명령하는 소리를 저도 분명히 들었습니다. 한나는 지금 그것 때문에 큰 상처를 받은 상태입니다."

한나가 멧돼지처럼 포획되는 장면을 상상하자 내 안에서 안전하게 제거된 줄 알았던 짐승이 일어나 살아 있음을 알렸다. 울분을 격하게 표출하면서 고개를 젖히는데 이상한 기분이 들어 돌아보았더니 한나가 서 있었다. 방금 소파에 잠들어 있을 때만 해도 분명히 긴 머리카락이 허리까지 내려온 상태였는데 어느새 단발머리로 바뀌어 있었다.

16
사이코드라마의 주인공 같은

"우선 여기서 나가야 할 것 같아요."

필귀에게 사실을 알리고 도움을 청했다. 2층으로 혼자 올라온 상태였지만 한스가 듣고 보안국에 보고했다고 화를 낼 것에 대비해 글자로 의사소통을 했다. 한나가 백은 시장에게 돌아갈 생각이 없는 것 같다고도 전했다. 사실 한나가 도망 나온 것이 무슨 의미인지 한마디로 정리하는 것은 내 능력 밖이었다. 필귀의 반응은 기대와 달랐다.

"지금 당장 중앙 본부에 보고하거나 한나를 백은 시장에게 돌려보내야 해."

"왜요?"

"누구나 각자의 인생을 사는 거야. 한나는 한나로 살고 넌 네 인생이나 신경 써."

하릴없이 내 처지를 다시 한번 되새겼다. 나는 A-city의 시민권이 필요했다. 그래야 엄마를 다시 볼 수 있었다. 하지만 엄마에 관해 털어놓으며 사정했다가는 필귀에게 큰 봉변을 당할 수도 있었다. 나는 필귀를 꽤 알지만 다 아는 것은 아니었다.

"한나를 돕고 싶어요."

그러자 필귀는 잠시 생각하는 눈치를 보이더니 한나를 좋아하게 됐냐고 물었다.

"그런 이야기가 아니에요."

나는 얼른 다른 방향으로 미끄러졌다.

"화성에서 저를 처음 만났을 때 그러셨잖아요. 편지가 수신인에게 도착하려면 서로 거들어야 한다고요. 지금이 그럴 때인 것 같습니다."

필귀는 잠깐 뜸을 들이더니 15분 뒤에 도착할 테니 기다리라고 했다.

'한나를 좋아하면 안 되나요?'

연결을 끊고 나서야 반발심이 입안을 맴돌았고 마음이 괴로웠다. 하지만 15분 안에 한나의 은신처가 물색되기를 바라는 것 말고 할 수 있는 게 없었다. 어릴 적에 내가 살던 동네를 떠올렸으나 고개를 가로저었다. 떠돌이 구역은 전체가 도피처 같지만 사실은 스파이가 그물망처럼 포진해 있어 노른시나 A-city보다 안전하다고 단정짓기는 힘들었다. 노르마칩을 제거한 상태라면 차라리 A-city 내부에 숨어 있는 편이 나을지도 모른다.

그때 아래층에서 싸우는 소리가 들렸다. 무슨 일인가 싶어 내려가 봤더니 한나와 한스가 말다툼을 하고 있었다.

한나가 소리쳤다.

"네가 뭔데 자꾸 대답을 독촉해. 내가 누군지 나도 몰라. 그건 내가 지금 말할 수 있는 문제가 아니야. 선택할 문제도 아니고."

"나는 그냥 지금 기분이 어떤지 물었을 뿐이야. 왜 그렇게 화를 내는지 모르겠어."

"그게 그 소리잖아. 나더러 한나인지 나나인지 말하라니, 난 모르겠어. 내가 아는 건 몇 시간 전에 엄마가 그물을 씌워 나를 잡았다는 거야. 날 잡았다고. 무슨 말인지 알아?"

"그건 나도 유감스럽게 생각하고 있어."

"유감스럽다고? 네가 왜?"

한나는 답답한 심정을 토로하고 있었다. 기계는 자기가 누구인지 분명히 말할 수 있지만 사람은 맥락을 찾지 못해 자주 허둥거리거나 겨우 찾아도 잊어버린다. 자식에게 그물을 던진 엄마라는 물음표 앞에서 한나는 말문이 막힌 상태였다. 한나에게 대답을 독촉하는 건 기계적 선택의 강요로 들릴 것이다. 한스는 어떤 점에서는 인간을 쉽게 넘어서지만 다른 한편으로는 인간에게 한참 못 미쳤다. 나와 한스 사이에는 잘 드러나지 않았지만 이상하게도 한스와 한나는 만나자마자 차이를 드러냈다. 한나가 여자여서 그럴까.

떠돌이 구역에 살던 레옹 영감에게는 개똥철학이 있었는데, 그중에 여자와 남자의 정의와 관련된 편견도 끼어 있었다. 남자들은 새로운 여자가 나타나면 품속에 꼬불쳐 둔 안경을 꺼내 상대방을 읽지만 여자들은 안경은 밀쳐 두고 맨눈으로 상대방을 보고 또 본다는 것이었다. 그럴 때마다 눈알을 빼 버리고 싶다는 게 개똥철학자가 반복하는 후렴구였다.

나는 재빨리 둘 사이로 끼어들었다.

"우선은 여기서 나가야 할 것 같아. 서두르자."

그러면서 한스를 위층으로 데려가 온라인을 열었다. 일을 마무리 지을 때가 되었다. 나는 박두가의 이미지를 불러와 한스에게 보여 주었다.

"가까운 곳에 나나의 아버지가 사는 것 같아. 자기 이름을 박두가로 알고 있기는 하지만. 어때, 알아보겠어?"

"처음 보는 사람이군요."

한스는 딱 잘라 말하면서 관심을 끊었다.

"나나의 아버지잖아. 좀 자세히 봐."

"아닙니다."

"뭐가 아니라는 거야?"

"나나의 아버지가 아닙니다."

"성형했을 수도 있어."

"전혀 다른 사람입니다. UA에서 만난 나나의 아버지는 훨씬 나이가 들었고 눈빛이 유달리 빛나는 사람이었으며 귓불에 살이 많아 아래로 축 처질 정도였습니다. 마른 몸과 달리 말이죠. 저는 나나의 아버지를 본 순간 이분은 나이가 들어 몸의 모든 곳에서 노화가 진행되는데 오직 귓불만 시간이 흐르지 않는다고 생각했습니다."

"맙소사."

그러면서 나는 내 귓불을 만지작거렸다. 내 것도 다른 사람에 비하면 통통하고 두툼한 편이었다.

"그동안 살이 쪘을까?"

"그런 차이가 아닙니다."

그때 박두가의 커다란 키가 떠올라 그가 적어도 185센티미터는 될 것 같다고 말해 주었다. 한스는 인상을 찌푸렸다.

"나나의 아버지는 당신처럼 키가 작았습니다. 170센티미터가 될까 말까입니다."

가슴이 덜컥 내려앉는 소리를 들은 것 같았다.

마침 필귀가 주차장에 도착했다고 알려 한나를 데리고 내려갔다.

"얼른 타!"

2인용 소형 카봇인 데다 공간이 비좁아 한나와 나는 짐처럼 포개져 의자 밑 빈 공간에 숨었다. 한나의 입김은 내 얼굴에 와 닿았고 붉어진 내 표정은 한나에게 가 닿았을 것이다. 필귀는 검문에 대비해 일부러 작은 차를 가져왔다고 했다. 다친 데는 괜찮냐고 물었더니 답답해서 깁스를 풀어 버렸다고 했다. 크게 불편해 보이지는 않았다.

바디를 자유자재로 구길 수 없는 한스는 운 좋게도 필귀 옆자리에 앉게 되나 싶었지만 예상과 달랐다. 필귀는 한스를 분리할 수 있을 때까지 분리해 상자에 담아 운전석 옆에 내려놓았다. 덕분에 한나와 나는 완벽히 가려졌다. 빠르면서도 정확히 대처하는 필귀에게 놀라고 있는 사이 검문 한 번 당하지 않고 마당숲에 닿았다.

그때 빨간색 고물 자동차가 매연을 내뿜으며 다가와 멈추는 바람에 내 신경은 극도로 예민해졌다. 필귀에게 작은 소리로 물었다.

"화성으로 갔어야 하는 거 아닙니까?"

"여기가 안전해."

필귀는 마당숲 뒷문으로 가서 차를 세웠다. 한스가 담긴 상자를 끌어안고 낑낑거리는데 빨간 차의 문이 열리더니 난데없이 김춘호가 내렸다. 그가 우리에게 소리쳤다.

"어서 안으로."

필귀가 한 시간 뒤에 오겠다고 말하는 바람에 나는 선 채로 급하게 몇 마디를 전했다. 한스가 박두가의 영상을 확인하더니 나나의 아버지가 아니라고 부정했다는 것이다.

"나나의 아버지가 아니니까 아니라고 하겠지."

"그럼 누군데요?"

"한스가 만났던 나나의 아버지가 박두가라면 그가 애니멀 메이킹이라는 건데. 들어가서 당장 체포해 보시든가."

그렇게 말하고 쌩 달아나 버렸다. 멍하니 서서 자동차가 사라지는 것을 확인하는데 김춘호가 빨리 오라며 재촉해 안으로 들어가 계단을 내려갔다. 나나 아버지에게 받은 피해를 꼭 변상받겠다고 다짐하던 그의 모습을 떠올렸다. 오늘 그는 이러나저러나 소원을 이루게 되는 셈이다. 뭔가 잔인하면서도 코믹한 분위기였다.

"끝에 있는 방으로 가시면 됩니다."

지하 4층에서 불현듯 나타나 방향을 지시해 준 것은 박두가의 젊은 아내였다.

"신발은 손에 들고 계십시오."

우리가 안으로 들어가자 박두가의 아내는 문을 닫고 사라졌다. 신발을 한꺼번에 챙긴 것은 김춘호였다. 내 운동화 뒤꿈치를 접어 끌고 다니던 한나도 신발을 벗어 김춘호에게 건넸다. 한나의 발은 내 발보다 10밀리미터쯤 컸다.

우리가 들어간 곳은 작은 가정식 카페였는데, 커피 기계와 정수기, 그리고 두 개의 탁자와 의자 외에는 아무것도 없이 소박한 공간이었다. 벽에는 어울리지 않는 액자가 여기저기 걸려 있었지만 곧 떨어질 것처럼 부자연스러웠다.

침묵 상태로 시간이 흘렀다. 박두가 언제 방으로 들어오나 긴장이 되었다. 어떤 면에서 그는 여기 있는 모두와 색다른 인연이 있는 셈이었다. 한나에게 이곳이 어디이며 잠시 뒤에 누굴 만날 것인지 말하지 않은 상태였다.

침묵을 깬 것은 김춘호였다.

"가게 문을 닫고 오길 잘한 것 같습니다. 안 그랬으면 신경이 쓰여 가 봐야 했을 겁니다. 아내도 걱정됐을 테고."

그가 최근 양갈비 시장의 동향을 말하기 시작했을 때 필귀가 안으로 들어왔고 뒤이어 박두가 나타났다.

"A-city는 비상사태랍니다. 복제 인간들이 쫙 깔렸습니다."

박두가는 호들갑을 떨면서 옷에 묻은 빗물을 털어 냈다. 그러다가 한나와 눈이 마주쳤다. 한나는 태연한 반면 그는 볼 수 없는 것을 본 사람처럼 굳어 버렸다.

"누구……?"

모두가 숨쉬기를 멈추었다. 나와 눈이 마주쳤을 때 필귀는 눈을 크게 뜨며 의외라는 반응을 보였다. 한스는 고개를 살짝 갸웃거렸다. 그 순간 나나가 세상 어디에도 없다고 말할 수는 없더라도 최소한 그 자리에 부재한 것은 확실했다. 박두가의 긴장이 그대로 스며들어 생긴 일이라고 하더라도, 한나의 긴장감은 〈여기에 나나 없음〉이라는 의미를 강력하게 어필하고 있었다. 그런데 박두가를 다시 쳐다보았을 때 그의 눈에서 눈물이 주르르 흘러내렸다.

"아, 아……."

하지만 박두가의 입에서 엉뚱한 소리가 흘러나왔다.

"우린 오래전에 만난 적이 있지요? 그때 사실대로 말하지 않은 이유는 빨리 가게를 빼 그곳을 떠나야 했기 때문이에요. 지금이라도 사과합니다. 미안했습니다."

묘하게도 그 지점에서 내 마음이 뭉클해지고 말았다. 아버지를 알아보고 가족임을 확인하는 일이 모래사장에서 금싸라기를 찾는 것만큼이나 어려워진 세상이었다. 한나는 멀뚱멀뚱한 표정으로 고개만 갸웃거렸다. 필귀는 박두가에게 무슨 소리인지 자세히 설명해야 한다고 주문했다.

"제가 꽃집을 할 때였어요. 빚을 엄청나게 져서 가게를 급히 내놓았는데 중간에서 다리를 놓은 사람이 가짜 서류로 사기를 쳐 이 아가씨가 손해를 보았지요. 실제로 저는 다른 사람에게 꽃집을 넘겼거든요. 3년이 지나서야 그 사실을 알았습니다. 지금부터 한 십여 년 전에 있었던 일이니……."

필귀는 즉각 "이 친구는 아직 열네 살이나 열다섯 살입니다. 십여 년 전에 그런 일을 겪을 리 없습니다." 했고 김춘호도 "그래서 눈물을 흘린 건가?" 하고 중얼거렸다. 김춘호는 박두가 다른 이유로 눈물을 흘렸기를 바라는 것 같았다. 나는 조금 지루했다. A-city 곳곳에 복제 인간이 깔렸고 백은 시장은 한나를 찾고 있는데 기껏 나누는 이야기가 과거에 있었던 사소한 착각이라니.

"아, 아, 미안해요. 정말 미안해요."

박두가 한나의 손을 잡고 꺼이꺼이 통곡했다. 누군가에게 금전적인 손해를 입힌 죄책감치고는 과하다는 생각이 들었다. 어떻게든 이야기의 흐름을 바꾸려고 또 끼어들려는데 필귀가 가만히 있으라고 눈짓했다. 실컷 울고 나서 무슨 소리를 하는지 지켜보자는 것이다.

필귀의 예감대로 꽤나 이상한 일이 일어났다. 울음이 잦아든 박두가 한나에게 미안하다는 말을 반복하다가 갑자기 "나나야, 나나야!"라고 말을 바꾸더니 "정말 미안하구나." 사과했고, 그 자리에 있던 모든 사람이 그 소리를 들었다. 그 순간만은 얼굴 근육을 8자로 말면서 마른 코를 들이키지도 않았다. 사람들이 '내가 제대로 들은 거야? 그냥 나야, 나, 나야 한 건가?' 하는 생각을 확인하려고 서로의 얼굴을 번갈아 살피는 사이 한스는 삐익 기계음을 내더니 뒤로 물러났다. 한스가 사람의 얼굴 근육을 가지고 있었다면 입이 쩍 벌어졌을 것이다. 자기가 만난 나나 아버지는 박두가가 아닌데 박두가는 나나 아버지처럼 행동하니 말이다.

"나나라고? 나한테 나나라고 했어?"

노르마칩인 Nell3를 제거하고 차분하게 가라앉아 있던 한나가 가장 크게 반응을 보였다. 한나야말로 자신이 누구인지 간절히 알고 싶은 것 같았다. 한스가 UA에서 만난 나나 아버지는 누구라는 것인가. 한스의 바디에 'NANA'라는 파일과 애니멀 메이킹이라는 결정적인 정보를 입력하고 보안국에 침입하기까지 한 그 사람.

"아, 그게…… 그게…… 나나라니, 나나가 누군지 알아요?"

박두가는 힘을 다했으나 한나에게 전달된 표현은 엉뚱하면서도 모순된 감정이었다. 자신의 목구멍이 나나라는 단어를 뱉어 내기는 했으나 스스로 그 사실을 모르는 상황. 어떻게 보면 사이코드라마를 보는 것 같았다.

"몰라. 하지만 내 안에 나나가 있을지도 모른다는 생각은 해. 죽은 채로 말이야."

'죽은 채로'라는 말을 하다가 한나가 울먹였다. 그때 한스가 뒤로 물러나 있는 상태로 한마디 끼어들었다.

"거짓말하지 마세요. 당신은 나나의 아버지가 아닙니다."

한스의 손가락이 박두가를 가리켰다. 그건 박두가뿐만 아니라 나나의 아버지 역시 애니멀 메이킹이 아니라는 것을 못 박는 장면이었다.

17

나는 내가 아니다

박두가를 나나 아버지로 빨리 결론 내고 싶은 사람도 있었다. 김춘호였다.

"저 사람이 방금 나나라고 하는 소리 못 들었어요? 박두가가 나나의 아버지가 아니면 도대체 누가 나나의 아버지라는 겁니까? 한나는 나나이고 박두가는 나나의 아버지입니다. 나는 박두가에게 받을 돈이 있습니다."

당장 박두가에게 돈을 내놓으라고 할 태세였다.

"이제부터 내가 말할게. 나에 관해서는 내가 말할 거야."

한나가 나섰다.

"나도 내가 이상하다고 생각했던 적이 있어."

그러고는 아직도 눈물을 흘리는 박두가를 향해 그러지 말라고 부탁했다. 박두가는 미안한지 않은 채로 허리를 굽히더니 순식간에 얼굴 근육을 8자로 일그러뜨렸다. 긴장된 분위기가 조금 느슨해지면서 여유를 얻었다. 김춘호는 물을 마셨고, 필귀는 밖에서 들어온 소식이 못내 궁금한 눈치였다. 마당숲은 노른시인데다 오프라인 구역이었다.

화장실에 가려고 카페를 나온 나는 나도 모르게 지난번에 휩쓸려 들어갔던 커튼을 찾고 있었다. 하지만 지하 4층 어느 곳을 살펴도 그런 곳은 없었다. 신생아실은 그대로여서 내가 보았던 것이 꿈이거나 VR이 아니었다는 걸 대변해 주었다. 볼일을 끝내고 다시 카페로 들어갔더니 한나의 이야기가 이어졌다.

"나는 열네 살이지만 지금까지 크고 작은 수술을 78번이나 받았어. 위험한 수술도 대여섯 번 받은 걸로 기억해. 깨어날 때마다 얼마나 힘들었는지 몰라."

한나가 입술을 꾹 깨물었다. 투명한 피부가 잠시 흐려졌다가 맑아지는 것 같았는데 착각일 수도 있었다. 그러느라 78번이라는 숫자를 놓치고 말았다. 듣지 못한 것이 아니라 그 의미를 흘려들었다. 사실 나는 태어난 이후 병원이라는 곳에 가 본 적이 없었다. 예방 주사 같은 것도 제때 맞았을 리 없었다. 반면 한나는 집이 병원이었다.

"가장 힘들었던 건 최근에 받은 수술이야. 일주일 동안 혼수상태에 있었어. 그런데 깨어나면서 내가 한 첫마디가 뭐였는지 알아?"

모두 가만히 듣고만 있었다.

"'아빠는요?'야. 내가 하는 소리를 나도 분명히 들었고, 지금도 기억에 남아 있어. 참 이상하지? 내겐 처음부터 아빠가 없었거든."

그때부터였던 것 같다고 했다. 한나는 밖으로 나가고 싶은 충동에 시달렸다. 자신이 누군지 알고 싶었다. 야심 있는 자아는 신체에서 신체로 이동하면서 섞이고 통합되느라 정체성을 상실하고 아버지도 버렸다. 그것을 당연하다고 주입을 받았는데 아닐 수도 있다는 생각이 들었다. 자아는 왜 자기 정체성도 버리고 아버지도 버리는 무모함을 시도하는가.

버리는 것이 아니라 빼앗긴 것이고 잃어버린 것이라면 이야기가 달라진다. 지금 내 몸에 다른 사람이 들어와 주인 노릇을 하는 거라면? 나는 그 몸에서 쫓겨나 이름도 잊어버린 채 비 내리는 철길 사이를 헤매는 거라면?

밖으로 나가자.

하늘을 보고 나무를 만져 보면 뭔가 생각날지도 모른다. 철길에서 내려가 밥 냄새 나는 골목으로 들어가 새로운 사람을 만나면 물어볼 것이다.

"내게 아빠가 있다면 누구냐고 물어봐야 하는데 하늘에게 물어봐야 하나 나무에게 말을 걸어야 하나. 그러다가 수술이 다 끝나면 친구들과 얼마든지 놀아도 좋다고 했던 말을 찾

아냈어. 사라지지 않고 내 기억 속에 간직되어 있던 약속이
었거든."

엄마와의 약속은 자식의 권리이기도 하다는 점에서 중요
한 것이었다. 간호사 언니는 허락이 떨어질 때까지 조금만
더 기다리라고 했지만 한나는 그럴 필요가 없다는 것을 알
았다. 한나가 밖으로 못 나가면 친구를 집으로 부르면 되니
까.

영영이와 디디.

친구는 두 사람으로 압축되었다. 연락처를 수첩에서 찾아
온라인에 접속했으나 영영이와도 디디와도 연결이 되지 않
았다. 간호사 언니도 영문을 모르는 것 같았다. 엄마는 답답
한 소리만 했다.

"걔들이 누구라니, 난 까맣게 잊었는지 생각도 안 나는구
나."

한번은 VR에서 사귄 남자 친구에게 조언을 구했다. 직접
찾아 달라며 온라인 주소를 내밀었다. 거기서 충격적인 이야
기를 들었다.

"오, 맙소사. 카카오라니, 이런 주소는 옛날 옛적 호랑이
담배 피던 시절 거잖아. 요즘은 이런 거 사용하지 않아. 모든
주소는 A-city 아니면 노른시로 표시되거든."

"그게 무슨 소리야?"

"가만있어 봐. 그래 대략만 따져 봐도 카카오가 사라진 건 39년 전이야. 이게 네가 사용했던 친구 주소란 말이야? 너 복제 인간이니?"

"아니."

"그럼 이게 뭐야?"

친구는 희귀 도롱뇽이라도 발견한 것처럼 소란을 피웠다. 자존심이 상해 식음을 전폐하고 침묵을 지켰다. 하지만 오래 가지는 않았다. 문제가 뭔지 알았기 때문이었다. 힌트는 엉뚱하게 주어졌다.

"한 소년이 있었어."

"UA에?"

한나는 고개를 가로저었다.

"내 기억 속에."

그러고 난 뒤 한나의 시선이 나를 향했다.

"UA에서 내가 널 어디선가 본 것 같다고 한 거 생각나?"

나는 고개를 끄덕였다. 한나는 "널 닮았어."라고 덧붙였다. 기분이 좋지 않았다. 떠돌이 구역에서 오래 방황한 건 사실이나 한나를 만난 적은 없었다. 잠깐 뚠나가 떠올랐지만 어느 모로 보나 연관성이 없었다.

"얼굴이 좋은 느낌으로 간직된 것에 반해 추억은 한 장의 마음속 그림밖에 없었어. 나중에는 그 그림으로 충분하다는 것을 알기는 했지만."

"어떤 그림이었는데?"

"영영이와 디디와 소년과 나, 이렇게 넷이 친구야. 우리는 수양버들이 척척 늘어져 있는 숲속으로 자전거를 타며 달리고 있었어. 디디는 머리가 길었고 영영이는 단발, 소년은 그냥 소년의 머리. 그림은 그게 유일해. 앞도 없고 뒤도 없어. 그럴 수 있다고 생각해?"

아무도 대답하지 않았더니 한나가 스스로 털어놓았다.

"그건 나의 기억이 아닌 거야. 엄마의 어린 시절 기억이라는 걸 일주일 전에 알았어. 엄마의 그때 이름은 '은'이 아니라……."

"'유명'이었지."

필귀가 끼어들었다.

"맞아. 소년은 어릴 적 백유명의 친구야. 잊을 수 없는 한 장의 사진처럼 남아 있다."

그 소년과 내가 어디가 닮았느냐고 물었더니 한나는 "아마도 나이가 비슷하지 않았을까." 하고 대답했다. 나는 안도의 한숨을 내쉬며 고개를 끄덕였다. 다행이었다. 한스가 나나의 아버지와 나를 연관시킨 것도 부담스럽기 짝이 없는 일이었다.

"마지막 수술이 끝나고 깨어나면서 '아빠는요?'라고 한 건 무슨 까닭인지 생각해 봤어. 오래전 아빠 있는 아이들이 아빠라는 사람을 찾아 두리번거릴 때 나왔던 그 말이 수십 년 동안 세상을 유령처럼 떠돌다가 어느 순간 내 입으로 들어와 저절로 발음된 것일까. 아니면 텔레파시? 난 이제 알 것 같아. 지금 이 순간 깨달았어. 어떻게 된 일인지."

침 삼키는 소리가 여기저기 들렸다.

"난 그동안 노르마칩과 계속 연결되어 있었어. Nell1과 Nell2, 그리고 최근에는 Nell3까지. 난 표준 인간을 만들기 위한 견본이었거든. 그런데 수술할 때는 노르마칩을 제거해."

"응?"

"분명한 건 '아빠는요?'는 노르마칩을 하지 않았을 때 내 입에서 나온 말이고 노르마칩을 장착했을 때는 자전거를 타고 달리는 소년의 모습이 나타난다는 거야. 자전거를 탈 때는 영영이도 디디도 나와 함께 있어. 언제나."

"고정된 화면처럼?"

"흐릿한 옛날 영화 같은."

"그렇다면?"

"맞아. 노르마칩을 하지 않은 상태의 신체는 항상 과거로 돌아가려고 해. 그 끝에 아빠가 있는 것 같아. 나와 내 부모와 형제, 심지어 오래전에 죽은 조상들도 내 몸과 연결되어 있어. 세상 그 무엇도 계보를 무너뜨릴 수는 없는 거야. 결국."

"결국?"

"내가 나도 잘 모르는, 그 어떤 나라는 것을 믿어야 해. 신체가 바로 나라는 것을."

꽤 긴 시간 침묵이 흘렀다. 필귀는 바깥 동향을 알아야겠다며 잠시 A-city에 다녀오겠다고 나갔다.

"부모에 관해서는 더 기억나는 게 없어? 아니면 다른 기억 같은 거."

잠깐 주어진 여유를 틈타 박두가와 한나는 둘만의 대화를 주고받았다. 나도 내가 누구인지 잘 모를 때가 있다는 말을 수없이 교환하면서. 박두가는 한나가 Nell3를 제거해서 생긴 상처를 자꾸만 힐끗거렸고 자기 것을 만져 보았다.

"기억나. 중요하다는 느낌은 없지만. 난 A-city가 생기기 전 꽤 부유한 가정에서 태어나 자랐어. 엄마는 몸이 약해 오랫동안 병석에 누워 있었고, 할아버지는 의사였지. 할아버지의 병원은 내 놀이터였어. 그런데 친할아버지가 가끔 병원으로 찾아왔을 때 할아버지와 다투는 소리가 진료실 밖으로 흘러나왔어. 지금 생각하면 할아버지는 외할아버지였고, 엄마는 외가로 와서 보살핌을 받고 있었던 거야. 친할아버지는 '이 배은망덕한 사돈 놈아.'라는 소리를 백번은 하다가 돌아가곤 했어."

그때 필귀가 급히 안으로 들어왔다. 그 바람에 한나 네가 지금 말한 건 모두 소문으로 돌아다니는 백유명의 과거야, 네 기억이 아니야, 라는 말은 하지 못했다.

돌아다니는 소문에서 백은 시장의 친조부는 20세기 중후반에 기업을 일구어 노른시 창업자의 조상과 대립 관계를 유지해 왔다고 전제하면서 A-city와 노른시의 경쟁을 해묵은 것으로 설명했다. 두 사람이 다투어 개발한 것은 나라가 아니라 자본가가 경영하는 도시였다. 오래전에 위인이나 의인이라는 게 있어 나라라는 공동체를 위해 희생하고 봉사하는 정신을 인간의 우월한 덕목으로 내세웠으나 빈부 격차가 구조화되면서 그런 것은 붕괴하고 살아남고자 하는 개인의 본능만 유지되었다. 이 경쟁에서 노른시라는 노파는 폭삭 망한 것은 아니지만 언제나 2등이었다. 이를테면 한나의 두뇌는 백은 시장의 기억이 덮어쓰기 되어 있는 것이다. 그토록 애타게 서로를 찾았던 부녀가 마주 앉아 있음에도 불구하고 서로를 알아보지 못하는 이 현실은 누가 통제하는 세상인가.

필귀는 긴장감을 조성했다.

"이 장소도 곧 노출될 거야. 그렇게 되어 있어."

"한나는 노르마칩을 제거해 연결을 끊은 상태라 누가 이르지만 않으면 노출되지 않고 버틸 수 있지 않을까요?"

"A-city 모든 건물에 노르마칩을 장착한 사람들이 있고 백은 시장은 그것을 마디와 단위로 나누어 빠짐없이 확인하고 있을 거야. 거짓말을 할 사람도 없겠지만 거짓말을 하더라도 시스템이 바로 골라낼 거고. A-city 노르마칩으로 거짓말 탐지하는 것은 식은 죽 먹기거든. 으스스하지?"

"그래도 여긴 노른시니까 혹시 모른다는 생각은 들어요."

"모르는 소리. 마당숲은 A-city 소속이니까 반드시 확인하게 되어 있어. 그래야만 '확인 종료'라는 사인이 뜨고 시스템이 '완료'를 승인하거든."

백은 시장의 손길이 마당숲을 포위하는 중이라고 상상하자 소름이 끼쳤다. 이제 겨우 한나를 안정시켰는데 또 어디로 피해야 한다니. 게다가 더 달아날 곳도 없었다.

"그럼 어디로 가요?"

도대체 필귀는 왜 보안국에 신고하지 않고 한나를 방치하는지 의문이 들었다. 백은 시장이 한나를 잡으려고 움직이는 순간 그는 태도와 입장을 바꿨어야 하는 게 아닌가. 너무 뒤늦은 질문 같지만 사실은 늘 안고 있던 물음이었다. 안전해질 수 있다면 보안국에 한나를 맡겨도 상관없는 게 아닐까. 나는 박두가의 옷깃을 잡아당겼다.

"지난번에 나를 커튼 안으로 밀어 넣었잖아요. '모든 공간에는 이웃이 있다. 그 이웃은 또 다른 이웃과 연결된다.'는 문구를 봤어요."

거기로 들어가면 다른 곳으로 달아날 출구가 있는 것 아니냐고 물었더니 박두가는 무슨 소리냐며 잡아떼었다. 나도 모르게 내 입에서 험한 말이 나갔다.

"아이 둘을 가둬 놓았던 방이 있잖아요. 수리와 지리 말이에요."

"도대체 무슨 소린지······."

박두가의 눈이 대꾼해졌다. 정말 모르는 것을 넘어 정신 나간 소리를 하는 내가 안됐다는 표정이었다. 필귀는 평소에 성격을 잘 드러내지 않는 편이었으나 "너도 답답하기는 했던 모양이지?" 하면서 내 어깨를 치고 지나갔다.

"이 사람이 정말?"

내가 박두가의 멱살이라도 잡겠다는 식으로 펄펄 뛸 때 한나가 조용히 나서더니 아무 걱정 말라고 했다. 이곳을 빠져나갈 구멍이라도 발견했다는 것인가.

18

이제는 내가 대답할 차례

"방법은 간단해."

그러고 나서 한나는 뜸을 들였다. 사람들을 둘러보면서 짧은 거리를 왔다 갔다 했지만 불안해 보인다기보다는 강한 결심을 하기 위해 시간을 필요로 하는 것 같아 안심이 되었다.

"내가 바로 열쇠니까."

그렇게 말해 놓고 움직임을 딱 멈추었다. 모두 한나를 쳐다보았다. A-city에서 홀로그램이 파견되면 어떻게 대처해야 거짓말이 들통나지 않을까 논의하던 박두가와 그의 아내도 동작을 멈추고 한나에게 집중했다.

"무슨 열쇠?"

"나는 엄마, 아니 백은 시장이 만든 표본 인간이야. 인간으로 태어났지만 인간을 넘어 문명의 발명품이 되었지."

"……."

"엄마는 나에 대한 정보를 모두 홀로그램에 저장해 두었지만 내가 나오면서 비정상적인 방법으로 연결을 끊어 버렸어. 나 없이는 복구 자체가 불가능해."

한스가 재빠른 질문을 던졌다.

"백은 시장은 앞으로 Nell3를 판매할 수 없는 거야?"

"정확히 말하면 제작할 수 없는 거지."

노르마칩 사업이 무위로 돌아가는 거라고 필귀가 보충했다. 한나에게 모든 걸 걸었기 때문이라는 진단은 일리 있게 들렸다. 나는 이러한 상황이 흥미로웠다.

"백은 시장은 거덜이 나겠군요."

"아마도."

박두가가 말했다.

"저는 한나 편입니다. 인류를 위한다는 명분으로 자행되는 모든 폭력에 반대합니다."

그러자 박두가의 아내, 그리고 김춘호까지 나서 "나도요." 하면서 합류했다. 나는 무척 부끄러워하다가 필귀의 표정을 보았다. 콧구멍을 한껏 벌리느라 입꼬리가 어색하게 올라가 있었다. 한나의 시선이 필귀에게 잠깐 머물렀다.

"내가 누군지 나도 잘 모르지만 다른 사람이 나를 맘대로 하도록 내버려 두지는 않을 거야. UA에 있을 때는 표본 인간인 내가 자랑스러웠는데 이제 뭔가 잘못되었다는 것을 알았어. 난 내가 누군지 알아낼 거야. 그러고 나서 내 갈 길을 갈 거야."

공감하고 찬성하면서도 약간의 소름이 내 몸의 감각을 휘젓고 지나갔다. 필귀도 나도 심지어 한스나 박두가마저 아무런 제안도 한 바 없지만 한나는 스스로 결정을 내렸다. 어떤 눈으로 보면 단순한 반항 같지만 한나는 모든 것을 걸고 있었다. 고유 넘버도 박탈당하고 A-city에서 누린 특권도 사라질 수 있었다. 무엇보다 돈 있는 사람들이 기다리는 노르마 칩의 업그레이드가 불가능해지면 한나의 존재 이유가 위협을 받을지도 모른다. 한나의 진의가 무엇일까 궁금해하는데 필귀가 앞으로 어떻게 할 생각이냐고 물었다.

"애니멀 메이킹으로 들어가겠어."

"애니멀 메이킹이라면 혹시 VR?"

"응."

"왜?"

뒤퉁스러웠다. 무엇보다 시간 낭비 같았다. 하지만 다시 생각해 보니 한나가 나나에서 한나로 자라는 레일이 변경된 과정을, 잃어버린 그것을 정확히 짚어 낼 기회일 수도 있었다. 나는 내가 VR에서 경험한 것을 떠올리며 물었다.

"한나가 누구인지 알아낼 단서를 찾겠다는 거지?"

"그러면 더 좋고."

"에?"

한나는 한스를 쳐다보면서 "생각나?" 하고 말을 걸었다.

"지난번 UA에서 네가 자세히 말해 줬잖아. 애니멀 메이킹은 나나가 어린 시절에 즐겨 하던 놀이의 명칭이라고. 백은 시장은 오해해서 가로챈 거라고. 난 애니멀 메이킹을 체험해 보고 싶어. 지금 나나와 한나의 연결 고리를 찾는 방법은 그것뿐이야. VR에 들어가 보지 않고는 내가 나나인지 아닌지 결론을 낼 수 없을 것 같아."

고개를 끄덕일 수는 있지만 왠지 막연한 소리로 들렸다. 과연 한나의 몸이 잃어버린 과거를 떠올릴 수 있을까.

한껏 팽창해 있던 필귀의 콧구멍이 푹 꺼지면서 제자리를 찾았다. 뭔가 안심한 눈치였다. 거기서 나는 멘토인 필귀의 의중을 읽었다. 그가 반A파라고 하더라도 역설적으로 그건 백은 시장의 VR을 평가한다는 뜻인지도 모른다. 한나는 한나로 살고 너는 네 인생이나 신경 써. 어쩌면 그 말조차 일부러 던진 것이었는지도.

"우리가 어떤 사이인지는 다시 이야기하기로 해요."

한나가 박두가의 팔을 슬며시 잡았다 놓았다. 다람쥐가 땅속에 겨울 식량을 파묻어 두는 장면을 훔쳐보는 기분이었는데 아마 한나가 처음으로 존댓말을 사용했기 때문이 아닐까.

필귀는 VR에 들어가려면 티켓이 필요하고 장비도 있어야 하니 안전한 곳을 물색해 볼까 하고 물었다.

"아니요."

"그럼?"

"UA로 돌아가겠어요."

"엥?"

모두 혼비백산한 표정이었다. 백은 시장에게 납치되었다가 겨우 도망쳤는데 제 발로 복귀하겠다는 소리가 아닌가. 한나는 의논이 아니라 결론을 내린 눈치였다.

"백은 시장이 널 해칠 수도 있는데?"

"그럴 리가 없어."

"무슨 소리야? 당연히 그럴 수 있지. 지금 혈안이 되어 찾는다잖아."

"내가 UA로 가겠다는 건 엄마의 딸로 돌아가겠다는 거야. 내가 과거에 누구였든 또 내 진짜 모습이 어디에 감춰져 있든, 현실의 나는 백은 시장의 딸이라는 의자에 앉아 있어. 내가 엄마에게 돌아가 딸 노릇을 계속하면 나보다는 엄마가 더 전전긍긍하게 되어 있어. 딸에게 멧돼지 그물을 씌운 엄마에게 나는 물어볼 거야. 이거 실화냐고."

"한나……."

"사실 다른 방법이 없기도 해. 백은 시장의 딸인 내가 현재의 나니까."

"마음이 아파."

"난 머리가 좀 아파. 하지만 걱정 마."

한나는 정말 머리가 아프다는 듯 손바닥으로 자기 이마를 짚으면서 인상을 찌푸렸다. 하지만 이내 손을 내리더니 울상으로 바뀌었다.

"문제는 다른 데 있어."

"응?"

"VR로 들어가 어떤 경험을 하면 그게 영상으로 전환되잖아. 하지만 체험자와 백은 시장 외에는 아무도 그걸 볼 방법이 없어."

나는 그 대목에서 잠깐 하고 말을 끊었다. 한나가 VR로 들어가겠다고 한 것의 의미를 구체적으로 상상하지 않았다가 더럭 충격을 받았고, 다음으로는 개인의 과거 경험이 영상으로 전환된다는 말로 이해돼 눈앞이 깜깜해졌다. 하지만 박두가가 한나에게 엉뚱한 질문을 던지는 바람에 내 감정은 잠시 옆으로 비껴 나지 않을 수 없었다.

"뭐가 되고 싶은지 생각해 둔 건 있어?"

뭐가 되고 싶냐고? 열네 살 소녀에게 장래 희망이 뭐냐고 묻는 것인가.

"호랑이."

한나의 표정은 천연덕스러웠다.

"가능하겠어?"

"해 봐야죠. 해 보는 것 말고는 방법이 없어."

"음…… 나는 기도하면서 응원할게. 다음 일은 전혀 짐작이 안 가지만 일이 잘 끝나기를 기다리는 것은 할 수 있어."

박두가 말했다. 그리고 해서 우리가 모르는 것을 알지는 못했다.

"내가 어떻게 하느냐에 따라 이미 체험한 사람들 기억의 향방도 결정되니까 책임감을 가져야지. 잘해 낼게."

한나가 나를 보며 말했다.

"체험한 사람들의 기억?"

"빅 데이터 말이야."

한스가 딱딱한 기계음으로 "그렇군요."라며 맞장구를 쳤다. 나중에 삐익 하고 효과음도 냈다. 혼자 말귀를 알아들은 모양이었다.

"Nell3는 공통 자아인 표준 인간을 완성하는 버전이잖아. 모든 인간이 두 번째 탄생을 겪을 거라고 엄마가 말했어. 개인의 자아는 이제 표본 인간에 귀속되고 거기서 걸러질 거라고. 이번 VR 체험은 VR이 아니라 거의 임상학적 차원인 것 같아. 체험에 참여한 사람들의 기억부터 영상으로 처리돼 공유된다고 했어. 빅 데이터에."

허탈하고 힘이 빠졌다. 무엇보다 내 기억이, VR에서 겪었던 그 끔찍한 과거가 어딘가에 저장되어 데이터로 처리되었다는 사실을 받아들일 수 없었다. 다른 사람에게는 아무 의미 없는 나만의 경험이고 기억이 아닌가. 개인은 유형 속의 존재도 아니고 카테고리를 필요로 하지도 않았다. 나는 원 케이스, 그저 하나의 인격일 뿐이었다. 이런 나의 기억을 누가, 무엇을 위해 보관한다는 말인가.

사실 백은 시장이 개인적인 기억을 왜 수집하는지 묻는 것은 너무 순진하고 비겁한 발언일지 모른다. A-city가 이미 오래전부터 그렇게 해 왔다는 것을 몰랐던 것도 아니면서 말이다. A-city와 노른시를 넘어 세계를 손안에 넣어 통제하겠다는 백은 시장의 목표를 모두가 승인하지 않았는가. 범죄 없는 세상을 만든다는 명분으로 세상 모든 사람을 잠재적인 범죄자로 삼으면서.

마스터가 나에게 처음으로 정치색을 노출한 순간이 떠올랐다.

'혹시 클린업이 어떤 몰수 과정이라는 생각은 안 들어?'

그건 상상이나 단순한 짐작이 아니었다. 우연히 튀어나온 말도 아니었다. 마스터는 어느 정도 판단을 내리고 있었던 것 같다. 돌이켜보면 내가 문제였다. 범죄 없는 세상을 만든다는 명분으로 세상 모든 사람들을 잠재적 범죄자로 삼아

온갖 불법을 자행하는 백은 시장이 나쁜가, 아니면 백은 시장이 붕괴시킨 가족을 복원한다는 명분 때문에 당분간 백은 시장의 품으로 귀속되고 볼 일이라고 판단하며 많은 것을 용인하고 사는 내가 나쁜가.

"너무 실망하지는 마. 아직 방법이 남아 있잖아."

우리는 손을 맞잡으면서 서로를 위로했다. 한나에게는 용기를 나눠 주었다.

"이제 그만 돌아가야겠어."

한나가 결심을 다시 한번 밝히자 필귀는 확인할 게 있다면서 잠깐만 기다리라고 하더니 주머니에서 희미한 사진 여러 장을 꺼내 펼쳐 놓았다. 이것을 구하려고 밖에 다녀온 것이라고 했다. 나는 누군지 알 것 같았다.

필귀가 사진을 한나 앞으로 밀었으나 한나는 고개를 가로저으면서 상체를 뒤로 물렸다. 모르는 사람이라는 뜻이었다. 이번에는 한스를 쳐다보았다.

"누군지 알겠어?"

"나나의 아버지군요."

한스는 조금도 의심하지 않았다. 내 심장이 쫄깃거리며 거칠게 뛰었다.

"다시 한번 잘 봐."

"틀림없이 제가 만난 나나의 아버지입니다. 제 바디에 파일을 작성해 입력했고 나나에게 전해 달라고 했습니다. 저는 나나에게 닿지 못하고 체포되어 떠돌이 구역으로 버려졌습니다."

"한스, 이분은 나나의 아버지가 아니라 곽표라는 과학자야. 아시아에서 히트를 친 AI형 초기 로봇 '이란'을 이분이 만들었어."

필귀는 다른 사람을 둘러보며 동의를 구했고, 모두가 이구동성으로 곽표임을 확인해 주었다. 붓은 태도를 바꾸지 않았다. 연필을 지우개라고 배운 붓에게 아무리 연필이라고 정정해 줘도 지우개라며 고집을 부리는 것과 비슷한 이치였다.

"제가 만난 나나의 아버지가 바로 이 사람입니다. 제 바디에 파일을 만들어 저장했고……."

"알았어."

한스 말을 끊는 것을 보고 필귀가 그리 충격적으로 받아들이지 않는다는 것을 알 수 있었다. 그사이 나는 수차례 곽표와 닮았다는 소리를 들었다.

'너한테서는 따뜻하고 좋은 피가 흘러.'

필귀가 떠돌이 구역에서 나를 만나 보안국으로 유인한 것도 우연이 아닐 가능성이 컸다. 필귀는 보안국의 평범한 요원인가, 아니면 보안국에 침투한 다른 세력의 끄나풀인가. 필귀에게 무제한의 권한을 맡긴 마스터는 또 누구란 말인가?

"곽표는 한스 너를 만든 사람이기도 해. 너를 만들어 나나에게 주면서 어떻게든 세상으로 나갔으면 했는데, 네가 '아버지'라는 명령어에 엉뚱한 반응을 보이고 만 거야. 나나의 아버지가 아니라 네 아버지를 찾아간 거지."

"아닙니다. 그렇지 않습니다."

필귀가 한숨을 내쉬며 이마를 쓸어 넘겼다. 나 역시 한스가 답답했다. 녀석을 처음 만났을 때 당당함과 똘똘함을 떠올리면 믿을 수 없는 일이었다.

"처음에는 한스가 곽표를 나나의 아버지라고 단순하게 오해한 거라고 생각했는데 지금은 생각이 달라졌어. 한스가 명령어에 따라 움직인다는 것을 고려하면 나나로 하여금 한스를 나나 아버지에게 보낸 것 자체가 곽표가 뜻한 게 아닌가 싶어. 그런데 한스가 나나의 아버지를 찾아가면서 곽표에게 되돌아온 거지. UA 내에서는 그럴 수도 있을 것 같아. 층층이 출구도 다르고 입구도 다르니까. 곽표는 망연자실했을 것 같아. 그래서 한스의 바디에 파일을 저장하고 문자를 새긴 게 아닌가 싶어. 한스가 버려질 거라는 것까지 계산한 거지. UA에서는 죽어야 밖으로 나갈 수 있으니까."

"고물로 버려지더라도 한스가 저절로 회복할 수 있다는 것을 알았다는 뜻인가요?"

"설마 그런 생각을 했겠어? 누군가 한스를 재활용하려고 가져가 조립하는 상황을 상상했겠지. 운이 좋으면 파일이 복원되리라 생각하지 않았을까. 곽표는 그런 도박 외에는 방법이 없었을 거야. 아무것도."

"우리는 한스의 도움을 받아 UA라는 철벽에 구멍을 내고 안으로 들어갔잖아요. 그런데 한스를 직접 만든 곽표가 그 안에서 밖으로 나오는 구멍을 찾지 못해 평생 갇혀 살았다는 것을 어떻게 이해해야 할까요?"

"내가 궁금한 게 바로 그거야. 곽표의 행방과 더불어 마지막으로 밝혀내야 할 게 그거라고 봐."

필귀는 한스가 만났다는 나나의 아버지가 애니멀 메이킹이 확실하다면 그의 정체를 매듭지을 필요가 있다고 했다.

"그런가요?"

삐익 하는 한숨과 함께 반응을 보인 것은 한스였다. 결국 여러 사람이 합심해서 설명한 게 먹힌 것일까.

"그렇습니까? 그럴 수도 있겠군요. 나나 아버지는 저에게 왜 이렇게 헤매느냐고 했습니다. 가끔 그 말이 제 안에서 에러를 일으킬 것처럼 위태로울 때가 있었습니다. 처음 봤는데 나나 아버지는 저를 잘 아는 사람 같았습니다."

기특해서 한스 머리라도 쓰다듬고 싶을 지경이었다.

"남은 문제는 어디 가서 곽표의 존재를 확인하느냐는 건데……."

결국 처음 그 자리였다. 애니멀 메이킹의 단서를 포착하고 추적을 명령받던 그 순간에서 그리 멀리 와 있는 것 같지 않았다. 내 태도가 모호하다고 느낀 것일까. 필귀는 위급에 처한 아이를 구한다는 표정으로 손을 내밀었다.

"그가 만약 간절히 찾는 사람이 있다면 누구인 것 같아?"

"그야……."

"나 여기 있다고 계속 신호를 보내고 있잖아. 아버지라는 것을 몰랐던 것도 아니고. 안 그래?"

"바보가 아닌 이상 눈치채죠. 한나는 계속해서 그 소년을 닮았다고 노래를 부르고 한스는 나나의 아버지는 키가 저만하고 귓불마저 저처럼 통통하다고 하고, 당신은 노골적으로 곽표가 저를 닮았다고 하니…… 모든 것이 한자리에서 일어나는 하나의 사건처럼 느껴지도록 견인한 게 당신이라는 거 압니다."

"원망스러워?"

"그럴 리가요."

"농담이야."

"그는 지금 어디 있을까요. 살아는 있을까요?"

"아니."

"……."

"아마도."

"어느 정도 확신하는데요?"

"한스의 바디에 새겨진 문자처럼 그가 살아 있다고 판단되는 정황이 있었어. UA에서 나온 쓰레기를 뒤진 요원들이 있었거든. 한번은 다 닳은 운동화 밑창에 그 문자가 새겨져 있는 것을 보았고 또 한번은 가죽 줄로 된 손목시계에서 그 문자 모양을 발견한 적도 있어. 바늘 같은 것으로 긁은 자국이었지. 아마 더 많은 흔적을 남겼겠지만 우리에게 보고된 것은 그 두 가지야. 나 여기 살아 있다고 끊임없이 말을 건네고 싶어 하는 곽표의 의지가 느껴졌다고 할까. 그는 갇혀 있는 상태에서 밖으로 나갈 출구를 찾다가 한나를 발견한 것 같아. 그런데 그 의지를 나타내는 흔적, 신호가 3년 전에 마지막으로 나타난 이후 사라져 버렸어."

"3년 전이라면?"

"그래, 2년 8개월 전에서 몇 달이 더 흘러가 버렸잖아."

"아."

"난 그렇게 알고 있어."

서늘한 바람이 온몸을 훑고 지나갔다. 비로소 퍼즐이 하나로 맞추어지는 것 같았다. 필귀는 곽표를 애니멀 메이킹으로 이미 중앙에 보고까지 마쳤다고 했다. 날 바보 취급한 어이없는 일이었지만 잠자코 있었다. 아무래도 내가 진짜 바보 같았기 때문이다.

"물론 그가 살아 있을 가능성이 제로인 것은 아니야."

위로는 되지 않았다.

"그럼 가서 잘해. 한 걸음 한 걸음 조심하고."

"넵."

필귀는 한나에게 말했고, 대답은 한스가 했다. 자신이 한나를 따라가야 할 이유가 있다고 했다. 지난번에 말한 그때가 곧 다가올 것이기 때문이란다.

"한나가 나나를 회복하는 순간 나나는 곽표가 있는 장소를 생각해 내야 합니다. 그 장소는 뻔합니다. UA 어디겠죠. 문제는 열쇠를 찾는 겁니다. 나나만이 열쇠의 모티프에 접근할 수 있을 거라고 나나 아버지가 말했습니다."

도대체 무슨 소리냐고, 열쇠는 뭐고 나나만이 접근할 수 있다는 그것이 무엇인지 자세히 말해 보라고 아무리 사정해도 한스는 요지부동이었다. 나를 그렇게 못 믿어? 내가 화를 내자 믿고 안 믿고의 문제가 아니라며 발뺌했다. 멱살을 잡고 협박한다고 털어놓을 한스가 아닌 다음에야 내가 마음을 가라앉히는 것 말고는 도리가 없었다. 한스는 한나가 나나가 되는 순간 자신의 역할은 필수적이라는 말만 반복했다. 둘이 자물쇠와 열쇠가 되어 곽표가 갇혀 있을 방의 문을 열게 될 거라고 했다. 곽표의 행방을 알게 된다면 백은 시장의 Nell3

를 저지하기가 쉬워질 뿐 아니라 보안국이 하려던 일의 파급력도 클 것이라는 게 그 자리에 있던 우리를 하나로 뭉치게 했다. 최신형 복제 인간을 보유한 백은 시장을 체포하기 위해서는 그물 크기가 상당하지 않으면 안 된다.

어쨌거나 내게 부여된 임무는 서서히 종착역을 향해 달려가고 있었다.

19 /

/ 너의 이름 위에 나를 잠깐 얹어 놓아도 돼?

우여곡절 끝에 나도 UA행 자동차에 동승했다. 한나의 요구와 내 의지가 우연히 맞추어지면서 가능하게 되었다. 뿡뿡으로 가서 경비에게 한나를 A-city로 데려다 달라고 하기로 했는데 마침 한나가 밖으로 나가자마자 점검이 들어왔다. 점검은 간단하면서도 특수한 통신으로 이루어졌다. 자신이 만든 시스템에 대한 백은 시장의 자신감이 느껴지는 대목이었다. 사람의 목소리에는 진실과 거짓을 명백히 나눌 완전한 정보가 들어 있다고 확신하는 태도. 백은 시장은 한나의 인상착의를 다시 한번 구두로 읊어 주면서 혹시 보호하고 있지 않냐고 물었으나 박두가의 아내가 대답을 잘했다.

"그런 여자아이는 지금 여기 없어요."

박두가의 아내는 자신 있고 분명한 어조로 대답했다. 속임수가 아니었기에 진화된 거짓말 탐지기를 능청스럽게 따돌릴 수 있었다. 백은 시장은 다시 물었어야 했다. 지금은 없지 만 조금 전에는 있었다는 뜻이냐고.

내가 한나를 따라 UA로 가야겠다고 결심한 것은 그때였 다. 무슨 일을 겪든 상관없었다. 지금의 나쁜 일이 나쁜 결말 을 의미하지 않는다는 믿음이 생겼던 것 같다. 내게 필요한 것은 나를 만나고 싶어 하는 아버지에게 반응하는 용기였다. 그가 나를 애타게 찾았다면 이제는 내가 나 여기 있다고 말 해야 할 차례였다.

나는 필귀에게도 말하지 않고 마당숲 바깥으로 나가 얼 쩡거리다가 아무 생각이 없는 것처럼 도로에서 비긴 언덕을 올라 뿡뿡으로 가는 지름길로 접어들었다. 잠시 후 한나와 한스가 뒤에서 걸어오는 것을 느끼고는 더 빨리 걸었다. 그 러다 보니 어느새 뿡뿡 경비 초소 앞이었다. 몸을 어디에 감 춰야 하나 잠시 고민하는데 한나가 뒤에서 내 이름을 불렀 다.

"같이 가려고 온 거야?"

"응. 내 발이 저절로 움직였어."

"잘됐다. 안 그래도 같이 가 달라고 하려고 했는데."

"왜 같이 갔으면 하는데?"

"믿을 만한 사람이 필요해."

"정말? 내가 믿을 수 있는 사람이야?"

"응. 너라면 안심해도 될 것 같아. VR로 들어갔을 때 누군가 날 지켜봐야 하잖아. 특히 바뀌는 순간 말이야. 네가 나와 함께하면서 지켜봐 준다면 무척 안심될 것 같아."

"좀 무겁게 들리네."

"이를테면 이런 이야기야. UA에서 나온 이후 지금까지는 내가 나의 주인공이었지만, VR로 들어가면 힘들어질 것 같아. 난 무의식 상태일 테니까. 그래서 말인데, 지금부터 네 이름 위에 나를 얹어 놓으려고 하는데, 그래도 돼?"

"얹어 놓는다고?"

"응."

"짐인가?"

"비슷해. 네가 나를 싣고 달려야 하니까. 인간은 무능력할 때도 달리게 되잖아. 때로는 꿈속에서도 어디론가 달려가지. 뭔가 다른 힘에 휩쓸려 끌려갈 수밖에 없다면 너에게 끌려가고 싶어. 그래 줄 수 있어?"

"어…… 뭐."

"날 위해 멈추라는 건 아니야. 넌 네 갈 길을 가면 돼. 나를 싣고 네 길을 가란 말이야. 그러다 때가 되면 난 너에게서 뛰어내릴 거야."

"어, 그래."

"할 수 있어?"

"잠깐이라면."

"좋아. 잘됐다. 나도 남에게 오래 의지하는 건 취향이 아니라서 말이야."

"그래, 잘해 보자."

그렇게 해서 뿡뿡 경비가 운전하는 UA행 자동차에 동승하게 된 것이다. 자동차는 낡았고 고약한 휘발유 냄새를 풍겼다. 떠돌이 구역에 살 때는 문명의 냄새가 좋았으나 지금은 아니었다. 나는 멀미가 나서 창문을 열려고 시도하다가 소스라쳤다. 어느새 나타난 AI들이 우리가 탄 자동차를 호위하고 있었다. 달리면서 힐끔힐끔 자동차 안을 엿보기까지 했다. 하늘에도 몇 대의 자동차가 보였다. 출근 차량으로 짐작되었다. 시간은 오전 8시를 넘어가고 있었다.

잠시 후 뿡뿡 경비의 자동차로 통신이 들어왔다. 백은 시장이 한나를 바꾸라고 하자 뿡뿡 경비가 헤드폰을 넘겼다.

"너!"

백은 시장의 첫 마디였다. 다른 사람들도 들을 수 있을 만큼 큰 목소리였다. 한나는 "지금 가. 곧 도착해."라고 말하고는 통신을 끊어 버렸다. 다시 통신이 들어왔지만 같은 방법으로 무시했다. 그러는 사이 자동차는 A-city 시청 앞에 당도했다.

"쟤는 뭐야?"

몸매가 훤히 드러난 슈트에 선글라스를 낀 백은 시장이 손가락으로 나를 가리키더니 높은 계단을 걸어 내려왔다. 한 나는 차를 한 바퀴 돌아와 얼른 내 팔뚝을 잡고 말했다.

"내 남자 친구야. 이제부터 함께 있을 거야. 상관 마."

"오호."

백은 시장이 흥미롭다는 듯 선글라스를 벗으며 다가와 나를 자세히 들여다보더니 누군지 알아보고는 놀라 뒷걸음질 쳤다.

"너, 너는?"

"안녕하세요?"

어디선가 빠드득빠드득 이 가는 소리가 들렸다. 입을 다물고 있었지만 백은 시장의 입속에서 무슨 일이 일어나는 것이다. 한나가 자신의 몸을 방패처럼 사용해 백은 시장을 밀자 내 위치가 바뀌었다. 한스가 옆에서 "엄마와 딸이라는 프레임은 예나 지금이나 변한 게 없군요."라고 소곤거렸고 나는 닥치고 있으라고 눈치를 주었다.

"혹시 저 남자애 때문에 집을 나갔던 거니?"

"왜, 그럼 안 돼?"

"안 될 건 없지. 그럴 수 있어. 나도 너만 할 땐 물불 안 가렸거든."

백은 시장은 "연애하고 싶으면 진작 말하지 그랬니? 너한테 딱 어울리는 아이를 소개해 줬을 텐데."라며 안타까운 표정을 지었다. 하지만 한나가 잠시 한눈을 판 사이 내 귀에 대고 순식간에 말 폭탄을 발사했다.

"너 정신 나갔니? 철없는 미성년자랑 지금 뭐 하는 짓이야?"

뒷말은 너무 빨라서 다 알아듣지는 못했고 "이건 아니잖아." 정도만 겨우 귀에 들어왔다. 나이에 관한 잔소리는 한나를 향해서도 계속되었다.

"넌 이제 겨우 열네 살이란다."

"지난번에는 열네 살이면 이미 어른이라고 말하지 않았어?"

한나는 백은 시장 손에서 선글라스를 빼앗아 재빨리 자기 코에 걸었다. 그러고 보니 두 사람은 키가 비슷했다.

"그건 네가 너무 철부지처럼 구니까 한 소리지……. 도대체 저 거지 같은 남자애는 어디서 알게 된 거라니? 키도 작고 볼품없이 생겼네."

거지라는 단어 때문에 내 오른손이 가슴을 짚으며 호흡을 거들었다. 떠돌이 구역에 살 때 하루에도 수십 번씩 들었고 갖은 핍박의 빌미가 되었지만 지금은 아니었다. 거기다 볼품없다니. 백은 시장은 곧이어 "하지만 어딘지 귀엽기는 하네." 하더니 꿈꾸는 사람처럼 멍해졌다.

"사람을 앞에 두고 못 하는 소리가 없어."

한나가 윽박지르자 백 시장은 갑자기 깨어나며 "어머, 토끼 같은 내 딸." 하고는 흐트러진 머리카락을 위로 쓸어 넘겼다. 백은 시장이 다음으로 관심을 보인 것은 한스였다. 눈이 마주치자 한스는 두 걸음 뒤로 물러났다. 정체가 탄로 난다면 그 자리에서 부서지고 말 거라는 사실을 알고 있을 것이다.

"이건 또 뭐니?"

"남친 장난감. 둘 다 18층으로 데려갈 거야."

"뭐라고?"

백은 시장이 한나를 저만치 끌고 가 험하게 노려보면서 뭐라고 속닥거렸다. 한스에게 무슨 소리를 하는지 들어 보라고 했더니 "둘 다 한번 들어가면 나오지 못한다는 거 알아, 몰라?' 하고 묻고 있군요, 한나는 알겠다고 했습니다." 하는 것이었다. 움찔 놀랐으나 곧 평정심을 되찾았다. 한나가 그렇게 생각할 거라고는 믿어지지 않았다. 비록 나나는 아니지만 그렇다고 백은 시장의 딸도 아닌 소녀가 한나였다.

백은 시장이 다시 내 앞으로 다가왔다. 나는 아무것도 모른 채 어린 소녀에게 끌려온 어리석은 남자애의 표정으로 두 사람을 번갈아 살폈다. 백은 시장은 재빨리 "너 18층에서 오래 못 버텨. 아주 답답한 곳이야. 약속하고 나중에 다시 만나면 안 될까?" 했는데 한나가 끼어들어 그쯤에서 제지했다.

"더 이상 따라오지 마. 엄마가 따라오거나 방해하면……."

"방해하면 뭐?"

"죽어 버릴 거야."

"아니, 얘가 안 하던 짓을 자꾸 하네. 엄마 앞에서 협박도 하고."

팔이 높이 올라갔지만 한나를 때리지 못했다.

"아무튼."

한나는 나를 이끌고 계단을 올라갔다. UA로 내려가야 하는데 계단을 올라가고 있었다.

"넌 나 아니었으면 지금처럼 강하고 예쁜 여자애가 될 수 없었을 거야. 처음에는 얼마나 못생기고 볼품없었는지 아니?"

백은 시장이 목청을 높였다. 들을 테면 들으라는 듯 떠들었으나 주변에는 안전한 AI들뿐이었다. 배신할 염려도 없었다. UA라는 터무니없는 비밀 장소를 오랫동안 사용했음에도 말이 새어 나가거나 양심 고백을 한 사례가 없는 이유를 짐작할 수 있는 대목이었다.

한나는 3층 로비에서 엘리베이터 버튼을 누르더니 54층 라운지를 선택했다. UA로 가야 하는데 왜 꼭대기 층으로 올라가는 걸까?

54층에 내렸더니 백은 시장과 몇몇 AI가 이미 기다리고 있었다. 한나와 백은 시장은 약속한 것도 아닌데 바깥이 전망되지 않는 미로를 따라 걸어갔고 작은 사무실 앞에 이르렀다. 손바닥 인식을 통해 문을 연 것은 한나였다. 나와 한스가 방 안으로 들어서자 한나가 문을 닫았다. 백은 시장은 황급히 닫히는 문을 열려고 했으나 차단되었다.

"어?"

사무실이나 방 같은 모양새는 속임수였다. 안은 텅 빈 공간이었고 사면은 청동에다 연한 자줏빛 색깔을 입혀 놓은 상태였다. 희미한 나트륨등이 청동 벽면에 이상한 격자무늬를 만들며 반짝거렸다. 격자무늬 어디에든 시선을 고정하면 그 안으로 휘말릴 것 같은 어지럼증이 몰려왔다.

"이걸 써."

한나가 건넨 선글라스를 착용하자 격자무늬가 감쪽같이 사라졌다.

"격자무늬에 오래 노출되면 시력을 잃어. 마음에 금이 가고."

선글라스를 내게 양보한 한나는 눈을 감고 있었다. 봇만이 이 모든 것과 무관한 듯 내부를 살피느라 여념이 없었다. 벽면 어딘가에 손을 대자 작은 상자 같은 서랍이 열리고 그 안에서 붙박이 리모컨이 튀어나왔다. 전원 버튼을 누르자 바닥이 열리고 사면이 투명한 도깨비 엘리베이터가 솟아올랐다.

"볼래?"

그렇게 말하는데 안에서 문이 닫혔다. 투명 엘리베이터는 그 자리에 있었으나 한나는 사라졌다. 엘리베이터는 사각 테두리만 남겨 둔 채 투명하게 뻥 뚫린 상태였다. 귀신이 곡할 노릇이다 싶었을 때 문이 다시 열리고 한나가 "봤지?" 했다.

"타."

한나의 안내로 엘리베이터에 탑승하고 문이 닫히자 한스는 바깥에 있던 백은 시장 목소리를 반복해 읊었다.

"저것들 잘 감시해."

엘리베이터가 아래로 내려가는 기미가 느껴졌다.

"이건 18층 전용 엘리베이터야. 잠그면 아무도 사용할 수 없어. 다른 방법이 한 가지 있는데 동해를 통해 들어와야 해."

한나가 설명했다. 나는 손바닥 인식을 떠올리며 자주 출입하는 편이냐고 물었다.

"아니, 이쪽 문을 열 수 있었던 건 엄마와 내가 여러 부분에서 통합되어 있기 때문이야. 지금은 내가 노르마칩을 제거한 상태라 손바닥 인식으로만 문을 열 수 있어."

"다른 층들은 어때? 거기도 출입할 수 있어?"

"다 달라. 하지만 엄마 외에는 아무도 사용을 안 해."

"응?"

그러는 사이 엘리베이터가 18층에 도착하고 문이 열렸다. 우리가 내린 곳은 인공 정원 한복판 봉우리처럼 솟아 있던 인공 언덕이었다.

"우선 안을 둘러보고 움직이는 게 좋겠어."

먼저 한나의 방으로 가서 AI 두 기의 연결을 강제 분리하고 났더니 원격 감시를 하던 백은 시장이 홀로그램으로 나타나 이의를 제기했다. 한나는 콧방귀를 뀌었다.

"그렇다고 방법이 없는 건 아냐."

백은 시장이 화를 내며 두고 보자는 말을 연발했으나 이내 멀어지면서 산산이 흩어졌다. 한나 방에서 나와 인공 정원으로 가다가 AI 한 기가 쓰러져 있는 것을 발견했다. 방금 강제 분리한 그것이라고 했다. 나는 오랫동안 참았던 질문을 해야 할 때가 왔다는 걸 깨달았다.

"한나, 궁금한 게 있어."

"응."

"백은 시장은 왜 널 묶거나 강제로 제압하지 않지? 딸이라 그러는 건 아니잖아."

"맞아. 멧돼지 잡는 그물을 이용해 물속에서 나를 건진 사람이지."

"그럼 왜?"

"인간은 자율성을 생명권처럼 갖고 태어났잖아. 다른 사람을 손안에 넣어 통제하더라도 본인이 원해서 하는 것이라는 믿음을 줘야 오래 지속돼. 그게 통제의 요건이야. 너의 목표는 A-city 시민이 되는 거라고 들었는데, 거기에 타인의 통제력이 어떻게 작용하는지 생각해 본 적 있어?"

"아, 내가 원해서 하는 건 겉으로 드러난 거고, 보이지 않는 영역에서 누군가 나를 일일이 통제하고 감시한다는 이야기야?"

"아닌가?"

"시민권에 관한 한 아닌 것 같은데. 난 죽은 엄마를 복제할 거야. 내가 엄마와 함께 살기를 원하니까. 여기에 타인의 통제력이 개입돼 있다는 건 믿기 어려워."

"떠돌이 구역에서 함께 살았던 엄마 말이구나. 그 엄마는 친엄마니?"

"무슨 소리야?"

"복제 인간일 수도 있잖아."

"그럴 리 없어."

"오늘날 아이는 잘 태어나지 않고 태어나더라도 복제 인간이 양육하잖아. 그래서 하는 말이야. 물론 넌 절대 그럴 리 없다고 하겠지만."

"아니야."

"그래, 내 짐작에 넌 이미 시민권자야. 그런데 네가 보안국의 정식 요원이 아니라 수습 요원인 이유는 그것을 네가 열망하고 선택한 거라는 믿음을 갖게 할 시간이 필요했을 뿐이야."

내가 끔찍하다고 말하니, 너무 걱정하지는 말라고 했다.

"엄마가 할 수 있는 태도는 두 가지야. 날 맘대로 하지 못할 바에야 없애 버리는 것, 또 하나는 세상 어딘가로 흘러가도록 내버려 두는 것. 엄마가 뭘 선택할 것 같니?"

"모르겠는데."

"그건 나한테 달렸어."

"응?"

"그냥 나도 너도, 우리 각자는 자기 갈 길을 가면 돼. 뒤돌아보지 말고. 그러자면 독립된 개인이 되어야 해."

"독립된 개인?"

"독자적으로 판단하고 그것에 따라 행동하는 사람."

"좋긴 한데, 백 시장이 내버려 둘까?"

"누가 어떻게 하느냐보다 내가 내 길을 가는 거지. 나답게."

"그러다 실패하면?"

"또 일어나서 가면 돼."

"너 당당하다."

"응. 계속해서 나를 바꾸고 변형시키는 것 말고는 방법이 없으니까."

그러면서 백은 시장이 무엇을 잊고 있는지 설명했다. 한스의 특징이라고 할 청각의 문제였다.

"내가 얼마나 잘 듣는지 엄마는 모르는 것 같아, 웃기지?"

"알면서 모르는 척할 수도 있지."

"아니야. 엄마가 한나라는 알고리즘을 다 이해하지 못한다는 걸 난 알아. 청각 기능에 대해서는 특히. 그건 누군가 한나라는 알고리즘에다 덫을 놓았기 때문이야."

"덫? 누가?"

"모르지. 어쩌면 신께서?"

한나도 더 자세히는 모르는 것 같았다. VR이 지름길이라는 생각에 어떻게 할 요량인지 물으려는데 한나 역시 자신이 한 말에 힌트를 얻은 모양이었다.

"혹시 지금 곽표라는 분을 떠올리고 있니?"

"응. 말 나온 김에 지금 다른 층을 한번 가 보는 건 어때?"

"이미 내가 해 봤는데 보안이 여기와 달라 들어갈 수 없었어. 엄마는 특히 17층에 극도로 예민하게 굴어. 다른 사람이 이 안에 갇혀 있다면, 그건 17층일 거야. 엄마는 그 열쇠를 잃어버렸어. 그런데 난 지금까지 거기서 어떤 움직임도 감지한 적이 없어."

"사람이 있는 것 같지 않다는 거지?"

"응."

그때 한스가 끼어들었다.

"아무런 움직임이 없다는 게 더 이상하군요. 이렇게 넓은 장소라면 무슨 용도로라도 사용했을 텐데 말입니다."

"듣고 보니 그러네."

한나가 고개를 끄덕이면서 위를 올려다보았다. 나도 목을 젖히고 두리번거렸다. 금속으로 된 차가운 천장이 눈앞을 가로막고 있었고, 거기서 반사된 어두운 빛이 흙비가 되어 흘러내릴 것 같았다.

저기에 구멍을 낼 수 있을까.

생각해 보니 구멍은 이미 나 있었다. 거기에 머리만 집어넣으면 된다. 부르는 소리에 답하기 위해 나는 여기, 당신 코밑까지 와 있다.

"지금 올라가 보자."

한나는 잠깐 생각해 보더니 "길은 없어. 하지만 찾아는 보자." 하면서 앞장섰다.

20

나나는 한나가 구해 볼게

17층 벽면 전체를 손으로 더듬었으나 특별히 반응하는 구역은 찾을 수 없었다. 우리는 좌절한 채 18층으로 돌아왔다.

"늦기 전에 애니멀 메이킹으로 들어가야겠어."

한나가 말했다. 문제는 어디서 들어갈 것이냐였다. UA 18층에도 VR 체험실이 있지만 당장 필요한 것은 체험 영상을 제삼자가 확인할 수 있는 시설이었다. 결국 부자들의 전용 놀이터인 54층으로 가야 했다.

"엄마한테 허락을 받을까 해."

"응?"

"호랑이를 잡으려면 호랑이 굴에 들어가야지."

한나는 VR로 들어가 나나가 될 수 있을지 모험을 해 봐야 하고, 만약 나나가 된다면 한스와 나는 합심하여 순간을 놓치지 않도록 최선을 다해야 한다는 것이다. 한스가 할 일이 있고 내가 할 일이 있으며 우리가 함께할 일이 따로 있었다. 한나가 면담을 요구하자 백은 시장의 홀로그램이 UA 18층에 나타났다.

"뭘 어쩌겠다고?"

"애니멀 메이킹을 체험해 보고 싶어."

"꼭 지금 해야겠니?"

"응."

"흥."

54층으로 올라가라고 한 뒤 백은 시장이 사라지자 한스가 안도했다. 왜냐고 물었더니 엉뚱하게 들릴 수밖에 없는 이야기를 꺼냈다.

"제가 정리해 본 바로는 백은 시장은 아직 자기가 뭘 잘못 생각하고 있는지 모르는 것 같습니다. 어린 나나의 놀이는 그런 게 아니었는데 말입니다."

54층으로 올라가면서도 한스는 계속 떠들었다. 어린 나나의 애니멀 메이킹이 호랑이가 되는 상상적 놀이라면 의사인 백은은 그것을 과학적 상상으로 대체해 이해했다는 것이다.

"인간은 자신의 기준이나 감정을 통해 상대의 말을 이해하더군요. 기준이란 누구나 다 가진 것이니 당연한 지는 모르겠지만 상대의 기준과 감정에 접근하지 않고 공감이 가능한지 저는 의문이 듭니다."

수십 번 들은 이야기였다.

"상대의 기준과 감정에 어떻게 접근하는데?"

배터리만 충만하면 피로를 느끼지 않는 봇이 가끔 부럽다. 기분 상한다고 대답을 회피하는 일도 없고 격자무늬로부터도 안전하다. 물어보면 답을 주는 대답 자판기.

"우선 상대방이 표현한 단어를 받아들이는 것*부터 해야 하지 않을까요? 그런데 당신은 저에게 어땠습니까? 제 이야기가 이해되지 않으면 거짓말이라고 몰아붙이더군요."

"내가 언제?"

"항상 그랬습니다."

"지금 날 공격하는 거야?"

옆에서 한나가 폭소를 터트렸다. 하지만 끼어들지 않고 얼굴에 미소를 물고 진득하게 들었다.

"아닙니다. 백은 시장도 마찬가지라는 이야기를 하고 싶습니다. 자기 기준으로 나나의 놀이를 판단했고 그 결과 이런 비극이 발생하지 않았나 싶습니다."

"그럼 하나만 물어볼게. 착각하지 않으려면 내 기준은 어떻게 해야 하는 거야? 그건 내다 버려야 하나?"

"거기에 접근하고 이해하는 건 상대방이 해야 할 일이 아닐까요?"

"응?"

"기다려야겠죠."

"언제까지?"

"대화가 공감에 이르려면 시간이 오래 걸립니다. 하지만 인간에게는 그런 인내력이 없는 것 같습니다."

"봇은 인내력이 있지. 아무렴. 감정이 없으니까."

왜 그랬을까. 나도 모르게 야비하고 속 좁은 말을 하고 말았다. 사과해야 하나 생각하고 있는데 한스가 흔들림 없이 자기 할 말을 했다.

"봇은 인간이 입력한 명령어를 수행합니다. 에너지가 남아 있는 한 그것을 잊지 않습니다. 당신은 믿지 못하고 거짓말한다고 생각하지만요."

"와우. 봇은 감정이 없고 인간은 인내력과 믿음이 없네. 오늘은 거기까지."

한나가 휘파람을 불면서 소리 지르는 사이 54층에 도착했다. 백은 시장이 어린 나나의 애니멀 메이킹을 어떻게 착각했는지 하나만 더 물어보려고 했으나 한나는 단호히 제지하고 앞을 가렸다. VR 체험실의 문이 열려 있었다.

체험자의 헤드셋을 껴 보니 가벼워서 착용감이 잘 느껴지지 않았다. 눈을 감고 의자에 등을 기대니 헤드셋을 꼈다는 걸 잊어버릴 정도였다. 나는 그것을 벗어 한나에게 건네고 컴퓨터로 컨트롤러를 작동해 보았다. 한스를 컴퓨터와 연결하고 관찰자용 헤드셋을 내 머리에 걸치고 보니 한나는 캡슐에 들어가 이미 눈을 감고 누운 상태였다.

"준비됐어?"

한나가 입술을 달싹거렸다. 나는 귀를 기울였다.

"내 안의 소녀는, 누군지 정확히 알 수 없는 그 애는 누가 누구를 구한다느니 마느니 하는 데 관심이 없던 것 같아. 하지만 지금 다른 자아와 바인딩된 그 소녀는 이렇게 다짐하고 있어. 아버지는 오지 않는다, 나나는 한나가 구한다라고. 이제 열을 세고 나서 눌러."

긴장한 음색이었다. 나 역시 긴장되었다. 만약 백은 시장이 소녀였을 때 지금처럼 이질적인 자아가 그녀의 독백적 세계로 들어가 성실하게 바인딩되었더라면 그녀의 삶은 달라질 수 있었을까.

"떨려?"

"약간."

"편안히 다녀와. 여기는 나에게 맡기고. 그럼 시작한다."

어두운 화면이 서서히 밝아지더니 평범한 출입문이 나타났다. 넓지 않은 장소 한 귀퉁이에서 사람들이 앉아서 한쪽을 쳐다보고 있었다. 가까이 다가가 보니 옛날 텔레비전이었다. 카메라를 가지고 움직이는 사람이 있는 것처럼 화면이 한 바퀴 빙 돈 다음 반대편을 비추었다. 두 명의 간호사가 분홍색 유니폼을 입고 앉아 있었고 후면에는 인간의 장기가 그려진 컬러 사진이 배경 화면의 구실을 하고 있었다.

"우 씨, 나 손가락 부러졌어. 당장 진료실로 들어가게 해 줘."

동동거리는 소녀의 목소리와 표정이 잡혔으나 화질은 좋지 않았다. 소녀의 얼굴은 한나와 닮았지만, 한나가 아닌 것 같았다. 동일한 얼굴을 하고 있더라도 감정과 감정의 흐름이 다르다면 다른 사람일 수 있다는 것을 한나의 얼굴이 증명하고 있었다. 내가 아는 한나가 응, 하고 상대방의 말을 수긍할 때는 얼굴 근육 전체가 아래로 처지면서 조금 앞으로 튀어나온 턱이 그것을 받드는 것 같은 묘한 형상인데, 영상 속의 한나는 얼굴 근육을 둘러싼 움직임이 전혀 다르게 표현되었다.

다음 장면에서 소녀는 진료실 의자에 앉아 자신의 손가락이 왜 부러졌는지 설명하고 있었다. 추임새처럼 할아버지라는 단어가 반복되었다. 할아버지라는 의사가 손가락을 이리저리 굽혔다 펴 보면서 아프냐고 물었고 간간이 한나의 얼굴 기색에도 관심을 기울였다. 의사가 말했다.

"사진을 찍고 나서 이야기하자꾸나. 밖에 잠깐 나가 있으렴."

엑스레이 촬영을 하는 한나. 그리고 별 특징 없는 병원 내부 장면이 2분가량 지나갔고 한나는 다시 의사 앞에 앉았다.

"부러진 건 아니야."

의사의 진단에 한나는 황당해하는 표정이었다.

"이렇게 아픈데 부러진 게 아니라고? 말이 돼? 할아버지, 다시 한번 잘 봐. 틀림없이 부러졌을 거야. 그 남자애가 내 손가락을 완전히 뚝 꺾었단 말이야. 이렇게 너덜거리는 것 좀 보라고."

"네가 아무리 그래도 손가락은 안 부러졌다. 하루 이틀 지나면 괜찮아질 거야. 들어가 쉬어라. 오늘은 피아노도 덮어 놓고 책도 읽지 않는 게 좋겠다."

한나는 의자에서 일어서지 않았다. 한참 실랑이 끝에 그렇다면 깁스라도 해 달라고 했다. 안 그러면 내일 학교에 가기 힘들다고 했다. 난감한 표정의 할아버지 의사.

"내 손가락이 부러져야 그 남자애한테 복수가 된단 말이야. 오늘 중요한 수업이 있는데도 조퇴하고 나왔는데 깁스도 안 한 채 학교에 가라고? 내일 학교에 가서 누구누구가 내 손가락을 부러뜨렸다, 그래서 깁스를 했다고 말할 수 있어야 한다고."

"그렇지만 손가락이 부러지지 않았잖니."

"씨이, 알았어. 그럼 기다려."

화장실 거울 앞에서 자기 손가락을 부러뜨릴 자세를 취하고 있는 한나. 마음의 준비는 충분히 했지만 손가락을 스스로 꺾지 못했다. 누가 부러뜨려 줬으면 하지만 도와줄 사람은 없었다. 많은 사람을 한꺼번에 움직이고 통제하는 사람이 되고 싶었다. 권력을 가진 사람이 아니라 권력을 움직이게 하는 사람. 아버지는 그게 힘들어 엄마를 떠났다. 나는 성공한 아버지가 될 것이다.

그때 할아버지가 화장실 안을 들여다보면서 괜찮은지 물었다. 한나는 "할아버지가 돼서 그것도 못 들어줘? 남의 손가락을 부러뜨리라는 것도 아닌데."라고 따지지만 할아버지는 미안하다고 말할 뿐 타협할 여지를 주지 않았다.

분하다.

다음 장면은 수양버들이 늘어져 있는 숲속이었다. 자전거를 탄 네 명의 친구들이 다정한 대화를 나누며 지나가고 있었다. 그런데 아무리 살펴봐도 소년과 소녀는 아니었다. 스무 살 이상의 청춘 남녀였다. 남자 한 명과 여자 셋. 나는 영영이와 디디, 한나를 알아보았고 한 명뿐인 청년을 그 소년이라고 생각하다가 깜짝 놀랐다. 나는, 공교롭게도 그 청년을 닮은 나는, 영영이와 디디와 청년이 등장하는 한나의 기억 속에 들어와 있음을 새삼 깨달았다.

나는 누구인가. 나는, 나는…….

네 사람이 도착한 곳은 학교였다. 수업은 시작됐지만 자율 학습이었다. 책 읽고 토론하고 실험하고 자료 읽고 영상을 만들어 공유하고 보내고 삭제하는 일이 반복되었다. 어느 순간 한나가 험악한 표정으로 책과 볼펜을 집어던졌다.

"영영이 넌 말을 줄이고 곽표 넌 말을 더 많이 해야 해. 그런데 이게 뭐야? 아무리 요구해도 영영이는 말을 줄이지 않고 곽표는 말을 안 하잖아. 너희 정말 이럴 거야?"

"말이 무슨 고무줄이니? 늘였다 줄였다 마음대로 하게?"

아무도 쉽게 사과하거나 물러서지 않았다. 자기주장을 꺾지도 않았다. 자율 학습은 엉망이 되었고 한나는 울음을 터트렸다. 토론하면서 누가 말을 얼마나 해야 하는지를 정하려는 한나의 표정에는 권태가 묻어 있었다.

"애를 쓰면 쓸수록 나는 점점 더 내가 아니게 되는구나."

나는 그 말을 알아들었다. 그건 한나 안의 다른 한나, 나나를 구하려고 애니멀 메이킹에 들어간 한나가 하는 말이었다. 점점 더 내가 아니게 되는 그 '나'는 백은 시장의 기억을 가진 한나가 아니라 홍리를 UA로 초대해 홍리 위에 잠깐 얹혀

가려고 했던 그 '나'였다. 나나를 찾기 위해, 나나가 되기 위해 기회를 노렸으나 쉽지 않다는 이야기로 들렸다. 한나 너머로 가려면 어떤 절차를 거쳐야 할까. 어떻게 해야 이 가상 프로그램에서 진짜 나나를 만날 수 있을까.

동물 되기?

동물 만들기?

나는 발을 동동 굴렀다. 그것을 시도해 보라고 말하고 싶지만 한나에게 전달할 방법이 없었다. 한나의 기억을 보고 그 기억의 일부가 되었으나 대화를 나눌 수 없었다. 하지만 곧 기회가 올 거라는 것을 알았다. 결국 2단계로 넘어가게 되어 있으니까.

네 명의 자율 학습은 계속되었다. 한나는 번번이 영영이의 말을 끊고 제압하려고 했으나 자유분방 그 자체인 영영이의 자율성은 언제나, 한나의 손아귀를 빠져나가 자기만의 길을 걷는 모습을 보였다.

곽표도 마찬가지였다. 하지 말아야 할 이야기는 안 했고, 하지 않는 게 좋은 이야기도 안 했으며, 해야 할 필요가 없는 이야기는 더더욱 안 했고, 하나 마나 한 이야기는 귀찮아서 안 했다. 그러다 보니 그는 늘 입을 다물고 있었다. 마지막 꾀를 내어 앞으로 3분간 쉼 없이 말하라고 한나가 명령했을 때는 "아…… 함." 하고 3분에 걸쳐 하품하는 것으로 상황을 모면했다.

"그건 말이 아니잖아. 말이 뭔지 잊었어?"

한나는 곽표의 머리 위로 마시던 망고주스를 뿌렸다. 나의 욕망이 무엇인지 알면서도 어쩜 그렇게 모른 척할 수가 있냐며 울분을 터트렸다.

"내 욕망을 놀라워하고, 믿어 주고, 일부러 대상이 되어 주는 거, 좀 그래 주면 안 되는 거야?"

그쯤에서 포기할 만도 했으나 한나는 아니었다. 디디를 꼭 두각시 인형처럼 조종해 두 사람을 어떻게 해 보려고 했을 때는 커다란 반발에 직면했다. 곽표는 외국 군대의 군인이 되어 전쟁에 참전하겠다면서 학교를 휴학했다.

세상이 발칵 뒤집힐 일이 일어난 것은 그때였다. 전파 방해를 체계화한 테러 집단이 세계 64개 도시를 동시에 공격했다. 씻을 수 없는 상처에 직면하기 직전, 한나는 2단계를 누르는 데 성공했다. 한나가 선택한 동물은 호랑이였다. 호랑이가 좋아서는 아니었다. 호랑이를 잡으려고 호랑이 굴에 들어왔으니 호랑이를 선택한다는 식이었다.

한나는 마음속에 호랑이를 떠올리고 의식을 집중해 호랑이 눈에 들어가 몸집을 키웠다. 뭐가 되는 것 같지는 않았지만 열심히 했다. 정해진 각본을 응용해 보는 것 말고 다른 방법은 없었기 때문이다.

나는 어디에 있지?

거기에 대답할 수 없었지만 호랑이가 힘차게 달리는 것을 지켜볼 수 있었다. 어딘지도 모르는 곳을 달리고 또 달리면서 지금 달리고 있는 것은 호랑이이고 한나이며 호랑이를 탄 한나라고 생각했다. 한 마리의 호랑이가 달린다는 것은 전 세계가 달리는 것이며 지구의 역사가 달리는 것이고 그것을 보고 있는 내가 달리는 것이었다. 나는 지금 호랑이 등에 올라타 달리는 그 사람이었다. 지구를 일곱 바퀴 반쯤 돌았다 싶었을 때였다.

지지직…….

폭발음 같은 것이 들리다가 사그라들었다.

"지금입니다."

한스의 다급한 목소리가 들려왔다.

"뭐? 폭발음은 뭔데? 영문을 모르겠어."

"정신을 차리면 영문이 보입니다."

"영문도 안 보이고 한문도 안 보여."

"조크인가요? 지금 한나가 어떻게 될지도 모르는 판에."

한스는 그 폭발음은 한나라는 알고리즘과 시스템이 서로 맞지 않아 발생한 것이라고 했다. 한나는 자신도 모르는 사이 호랑이가 되는 상상적 놀이에 빠지고 말았는데 그것과 백은 시장이 설치한 애니멀 되기가 서로 이질적인 나머지 에러를 초래한 것이다.

"기회가 왔습니다."

"어떻게 해야 하지?"

"지금 한나가 나나인지를 검토해 봐야 합니다. 우선 시스템의 어디까지가 정상인지 체크하고 저를 컴퓨터와 분리하십시오."

"알았어."

재빨리 한스가 시키는 대로 하고 한나를 불렀으나 대답이 없었다. 헤드셋을 벗고 캡슐 안을 살폈다가 혼비백산하고 말았다. 한나의 얼굴이 까맣게 죽어 가고 있었다. 급한 대로 장치를 제거하고 한나를 일으켜 기침이 나올 때까지 등을 두드렸다.

"정신 차려!"

"한나! 한나!"

한나가 기침과 함께 분비물을 뱉는가 싶더니 잠시 후 엄청난 양의 음식물을 본격적으로 토해 냈다. 캡슐 안과 밖으로 토사물이 튀었다.

담요로 몸을 감싼 지 15분쯤 지나자 한나의 몸이 따뜻해지면서 혈색이 돌아왔다. 한스가 먼저 눈치채고 다행이라고 하자 한나가 입을 열었다.

"어떻게 된 거야?"

"어, 괜찮아. 걱정 마. 다 잘 되었어."

모험이 실패로 끝났다는 말을 전할 수 없어 난감했다. 우선은 안정을 찾는 게 급선무 같아 지하 18층으로 데리고 가려고 캡슐에서 내려오는 한나의 발밑으로 신을 받쳐 주었다. 그때 한나가 한스의 어깨를 짚으려고 팔을 내뻗으면서 말했다.

"아빠는? 아빠에게는 다녀왔어?"

나는 엉거주춤 몸을 구부리고 있다가 소스라치며 엉덩방아를 찧었다. 좀 섬뜩했으나 오랫동안 오직 이 순간을 위해 버티어 온 한스는 교통경찰처럼 오른팔을 90도로 세우며 삐이익 두 번 소리를 내고 나서 한나 앞으로 몸을 돌렸다.

"아빠를 만났어. 네 편지를 전했더니 눈물을 흘리면서 읽었어. 곧 구하러 오겠다고. 조금만 더 기다리라고 말했어. 사랑한다는 말을 전해 달라더라."

"그랬구나."

"그랬어."

"그런데…… 여기는…… 여기는."

허공을 둘러보는 한나의 눈빛은 아슬아슬해서 바람 앞의 촛불처럼 금방 꺼질 것 같았다. 내 심장의 두근거림이 지나쳐 숨이 막혔다. 사실 한나가 나나를 회복할 수 있다는 것을 믿지 않았다. UA에서 백은 시장이 주도한 수술이 끝났을 때 한나가 "아빠는요?"라고 물었다는 것도 다른 맥락으로 이해했다. 외할아버지 병원에 얹혀살았지만 어린 백은은 아버지를 그리워하고 기다렸을 수도 있었다. 한나가 찾던 아빠가 나나의 아빠인지 백은 시장의 아빠인지 어떻게 안단 말인가. 이 꼬여 버린 세상에서 잃어버린 나를 찾으려면 얼마나 많은 고갯마루를 지나야 할까. 네 이름은 뭐야? 한나야 나나야? 내가 준비한 질문은 있지만, 너무 떨려서 차마 발설하지 못하고 있었다. 안절부절못하다가 용기를 내 타이밍을 찾는데 한스가 새치기했다. 질문이 정말 마음에 들지 않았다.

"네 생일은 언제야?"

"생일…… 생일?"

이 판국에 생일 따위나 묻다니. 눈살을 찌푸리며 끼어들려고 하자 한스가 내 팔을 건드리며 제지했다. 한나는 아연한 표정으로 생각을 더듬다가 피식 웃음을 물었다.

"왜 웃어?"

"13월 1일이라고 말하려다가……."

"13월 1일?"

"웃기지? 내가 생각해도 웃겨. 그래서 웃었어."

"왜 13월 1일인데?"

내가 고개를 갸웃거리며 한나의 기색을 살피고 있을 때 한스는 "됐어!"라며 소리쳤다. 골을 넣은 축구 선수가 세리머니를 하는 것 같았다. 한스가 세리머니를 반복하느라 저만치 비낀 틈을 타 한나는 나에게 시선을 집중했다.

"왜라니, 13월 1일은 없잖아. 난 이렇게 존재하는데 없는 날이 내 생일이라니, 조금 슬퍼지려고 해."

그러자 한스는 있는 날이라고 받아쳤다.

"어쩌면 나나 아버지의 달력에서 나나 생일은 13월 1일인지도 모릅니다. 이유는 저도 모릅니다. 제가 나나의 아버지로부터 당부받은 것은 현재 A-city에서 사용하는 보안 체계 암호에다 특정한 블록을 걸어 내고 나나의 생일과 나나 생일에서 7일 이후를 입력해야 한다는 것이었습니다. 그 사이사이에 '–'를 하나씩 더해 넣습니다. 그리고 그것을 여섯 번 반복하면 문이 열린다고 했습니다. 이제 나나의 아버지, 아니 곽표가 있는 장소만 찾으면 됩니다. 공교롭게도 비밀번호만 알고 갇힌 장소는 모르지만 희망이 생겼습니다. 장소는 지금부터 찾으면 됩니다."

"무슨 소리야?"

"그것이 나나의 편지를 받은 나나 아버지가 나나에게 보낸 답장입니다."

"답장은 네 배 속에 입력된 그것 아니었어?"

"거기에 이 비밀번호까지가 답장입니다. 비밀번호가 통하는 장소만 찾으면 제가 해야 할 일, 명령받은 일은 끝납니다. 이제 제가 아름답게 소멸할 날도 머지않았습니다."

축하한다는 말은 할 틈도 없었다. 한나가 캡슐 안으로 목을 떨어뜨리는가 싶더니 잠시 후 그 안으로 굴러 들어갔다. 한나의 머리카락이 토사물과 뒤엉켰다. 기절한 것인지 잠에 빠진 것인지 더 두고 봐야 알겠지만, 왠지 모르게 다시는 캡슐에서 나오지 않을 것 같아 얼른 뚜껑을 열고 전원을 차단해 버렸다.

나를 보고 있을 그리운 엄마에게

백은 시장이 풀 한 포기 없는 사막을 걸어간다. 태양은 불벼락을 내리고 물병은 오래전에 비워졌으며 굶주림은 극에 달해 있다.

"앞으로 이런 더러운 곳에서 살아야 한단 말이지?"

계속 신경질을 내다가 하이힐을 벗어 멀리 던진다. 무거운 짐을 지고 추레한 옷을 걸친 곽표가 달려가 하이힐을 집어들더니 백은을 따라간다. 백은은 곽표가 따라오지 못하게 도망가기 바쁘다. 간격이 줄어들자 모래를 끼얹으며 꺼지라고 악을 쓴다.

"내가 왜 이런 벌을 받아야 해? 뭘 잘못했다고?"

울먹이는 소리가 모래 바다를 흔든다.

"이게 뭐야?"

나도 모르게 불만을 터트렸다.

"미안해. 실수였어."

"이렇게 역할이 바뀌어 버렸는데 실수라고 하면 다야? 죄와 벌이 전도되어 버렸잖아."

내 아버지를 함정에 빠트린 한나가 미심쩍었다. 일부러 그런 건 아닐까. 한나가 내 동의 없이 열쇠를 파괴해 그들이 VR에서 나올 방법이 없다는 것을 알았을 때는 하늘이 노래졌다. 백은은 그렇다 치더라도 곽표는 무슨 죄란 말인가.

법적으로 노르마칩이 금지되면서 한나에게는 전에 없던 감정 기복이 심해졌다. 예민한 청각은 그것을 이용하려는 사람을 잃게 되자 장점이 아니라 장애가 되었다. 평정심을 가지고 장애를 다시 장점으로 활용할 방법을 궁구하다가도 어느 순간 감정이 격해지면서 마음의 중심을 잃고 마는 것이 최근 한나의 모습이라, 순간적으로 어떤 의도에 휘둘렸을 수도 있는 것 아닐까 의심하는 중이다. 한나가 이해도 안 되고 감당도 안 되지만, 인내력을 발휘해 최대한 도우려고 하면서도 그런 생각에 시달린다.

백은 시장의 기억 일부가 아직도 내면에 있다 보니 한나가 실수 아닌 실수를 저지를 가능성은 얼마든지 있다. 한나의 무의식은 백은 시장의 고통을 원하지 않을 수도 있다. 아니면 곽표와 백은의 인연이 우연이거나 일방적인 게 아니었다는 진실이 한나의 무의식을 통해 표출된 것일까.

"곽표가 있으니까 백은이 있는 거지."

필귀가 했던 말이 섬뜩한 맥락으로 환기될 때가 있었다. 둘은 한 세트라 하나가 사라질 때 다른 하나도 같이 보내야 새로운 미래를 맞이할 수 있다는 것이다. 그게 존경심을 가지고 곽표를 찾아 헤맨 필귀가 해야 할 말이었을까. 필귀가 마스터와 자신은 보안국 요원이지만 보안국 이상의 보안을 꿈꾼다고 했을 때 나는 다시 한번 보안국에 침투한 다른 세력을 떠올렸다. 언젠가는 나를 그 조직으로 끌어들일지 모른다는 상상을 해 본다. 곽표를 올바르게 평가해 주지 않는 한 나는 그것을 받아들이지 않을 작정이다.

"아버지가 받는 고통은 부당해."

"곽표는 홀로그램만 남았잖아. 몸이 없는데 무슨 고통을 느낀다는 거야?"

한나조차 그렇게 나오니 가슴이 먹먹해진다. 홀로그램인 아버지의 고통이 사실적이지 않다고 해도 내 마음의 꿉꿉함이 다 가실 수 없는 게 아닐까. 본다는 것은 경험하는 것이다. VR을 보기 시작한 순간 나는 이미 그 안에 들어가 모든 것을 함께 느낀다.

17층으로 올라가 중앙에 있는 메인 룸에다 2만 8천8백60

개의 숫자와 문자로 조합된 비밀번호를 쏘자 문이 열리고 환한 빛이 쏟아진다. 곽표가 진짜 곽표가 아니라는 것만 빼면 모든 게 완벽하다. 그는 몸을 상실하고 홀로그램으로 남은 상태였다. 홀로그램 안에는 곽표에 관한 모든 기록이 저장되어 있었다. 한스가 몸의 고통에 시달리는 나나를 느끼면 위험을 감지해 목소리가 발산되도록 설정된 것은 곽표가 피부 없는 생명체들을 위해 고안한 공감 프로그램의 작동 결과였다. 그것은 백은 시장의 연구와 차이 나는 것으로, 과학자 곽표가 어느 순간 백은 시장과 노선을 다르게 해서 얻은 성과였다. 과학은 그렇게라도 방법을 찾았지만 인간에게 공감으로 가는 길이 여전히 멀기만 하다.

그가 사망한 날과 아들에게 남긴 유언도 확인했다. 나를 돌보던 엄마는 나를 낳은 사람이 아니라 나를 낳은 사람의 유전자로 만든 엄마의 엄마*, 즉 복제 인간이었다. 나의 부모는 결혼하지 않고 연애를 하다가 아이를 낳은 뒤 인연이 끊어지고 말았는데 아버지는 운 좋게도 엄마의 엄마인 엄마5b를 만났고 아버지가 아들의 양육을 부탁하자 흔쾌히 맡아주었다.

그렇다면 나의 진짜 엄마는 누구인가. 공교롭게도 그 기록은 희미하게 지워졌는데 이상하게도 그 순간 나는 백은 시장이 아들을 낳은 적이 있으며 유전자 검사 결과가 좋게 나오지 않아 살해했다는 이야기를 떠올리고 부르르 몸을 떨었다.

"태어나 한 번 안겨 보지도 못했는데 이런 식으로 부모를 겪어야 하는 내 기분을 네가 알아?"

넌 아버지라도 찾아서 좋겠다는 말은 꾹 참았다. 마당숲의 박두가 나나 아버지를 덮어쓴 건 사실이지만 안드로이드라고 밝혀진 후로 한나와는 데면데면하게 지내는 중이다. 한나 역시 간간이 나나를 떠올릴 수는 있었지만 나나로 돌아갈 수는 없었다. 나와 곽표가 그렇듯이 한나와 박두가도 불행한 부모 자식 관계이다.

"고백할 게 하나 더 있어."

"뭐?"

"사막에 무시무시한 뱀 한 마리를 넣었어."

너는 어쩌면 그렇게 백은스럽냐고 했더니 욕을 퍼부어 댔다. 애초에 한나가 감옥의 환경을 사막으로 설정하지 않았다면 뱀 따위가 무슨 문제겠는가. '사천'이라고 쓰려는데 손가락이 미끄러져 엉뚱하게도 '사막'으로 표기되었고, 바로 눈치채지 못해 이런 일이 생겼다는 한나의 변명을 그 누가 믿어 줄까.

원래는 중국 사천이라는 성에서 하늘을 향해 뻗은 허름한 나무 계단을 백은 시장 혼자 죽어라 걸어 올라가야 한다는 것이 기본 테마였다. VR 제목도 '곽표와 백은의 지루한 악몽'이었다. 사람을 만날 일도 없고 허공으로 드론이나 비행기, 하다못해 새들이 날아다니지 않는 황량한 곳이다. 비가 오거나 눈이 올 일도 없다. 오직 땡볕을 견디며 계단을 반복해 올라가야 한다. 곽표는 목소리만 등장하도록 계획했다. "힘내라.", "멈추면 몸속에 불치병이 생긴다." 같은 멘트를 하면서 백은을 약 올리게 되어 있었다. 하지만 공간이 잘못 설정되면서 계단이 모래밭으로 변했고 곽표도 사막 속 일원이 되었다. 평생 백은의 수중에서 벗어나지 못했던 아버지인데 죽어서까지 시달림을 받다니. 그것도 달아나는 게 아니라 추종하는 처지가 되었다. 불효도 이런 불효가 없다.

불만을 가라앉히려고 며칠 동안 한나를 멀리했더니 어느 날 한스가 찾아와 깜짝 놀랄 만한 소식을 전했다.

"저는 이제 한나의 집으로 가겠습니다."

"한나의 집?"

"떠돌이 구역 말입니다."

한나가 거기서 학교를 열어 남녀노소를 가리지 않고 입학생을 받는 중이라는 소리를 듣는 순간 또 소외당한 느낌이 들었다. 백은이 A-city와 UA는 물론 전 재산을 압수당하고 감옥에 갇혔으니 쓸 돈도 없고 갈 곳도 없게 된 한나지만 떠돌이 구역은 예상 밖의 파격이었다. 0의 자리로 돌아간 느낌을 고려하면 한스의 사바사바가 큰 몫을 했는지도 모른다. 녀석은 신이 난 건지, 아니면 한나와 빨리 합류하고 싶은 건지 몇 개 되지도 않는 소지품을 팔에 안고 짧은 다리를 경중거리고 있었다. 아버지를 아버지라고 불러 보지도 못한 내 심정을 헤아리기는커녕 제 갈 길 가기 분주한 봇이라니. 알고 보면 한스는 아버지가 나에게 띄운 편지가 아닌가. 내 편지를 왜 한나가 가져간단 말인가. 인간의 공감 능력이 어쩌고저쩌고하지만 마음이라는 것을 조금도 알지 못하는 이 녀석을 순순히 보내 줘야 하나 말아야 하나.

"임무가 끝나면 소멸한다고 하지 않았어? 그 문제라면 내가 도울 수 있는데."

조금 지나쳤나 싶어 슬쩍 눈치를 봤지만 녀석은 덤덤했다.

"지금 질투하는 겁니까?"

"질투는 무슨."

"저를 가족이라고 생각하나요?"

"아, 글쎄."

"저와 가족이 되어 함께 살고 싶다면 제가 있는 곳으로 오면 됩니다."

"무슨 소리야?"

"자신이 있는 곳으로 오라며 상대를 무리하게 끌어당기기보다는 상대방이 있는 곳으로 기꺼이 달려가는 것이 가족

아닐까요?"

"무, 무리하게?"

"다시 한번 말씀드립니다. 저와 함께 살고 싶으면 제가 있는 곳으로 오십시오. 한나도 같이 있을 겁니다. 그럼 저는 이만."

그러면서 내 대답은 더 들어 볼 것도 없다는 듯이 문을 열고 나가 버렸다. 띠리링 철컥. 문 잠그는 소리가 요란해서 혹시라도 내가 VR에 갇힌 것은 아닌가 걱정되었다.

다른 생명체들을 잘 대접하라. 누군가 보고 있을지도 모르니.

엄마는 지금 어디서 나를 보고 있나.

작품 가이드

포스트휴먼

포스트휴먼의 사전적 정의는 인간과 기술의 융합으로 나타나는 미래의 인간상을 통칭한다. 고도로 발달된 기술의 결과물인 인공 심장과 간, 폐로 장기를 갈아 끼운 사람을 가정해 보면 된다. 동양에서는 인간의 마음이나 기분을 심장이나 간, 폐, 신장, 위장의 변환과 순환으로 설명한다. 그런데 이 다섯 개의 장기가 활발해졌다가 위축되었다가 하는 게 아니라 언제 어떤 상황이 도래하더라도 흔들리지 않고 완벽하다면 어떨까. 이때 사람의 마음이나 정신 같은 것은 다 같아지는 걸까. 인간과 기계가 융합되려면 이러한 논의는 불가피할 것이다. 특히 우리는 인간성 혹은 마음에서 쓸모없다고 단정 지을 만한 것이 있는지 스스로 반복해 물어야 한다. 지는 해를 오랫동안 뒷짐 지고 바라보는 것을 좋아하는 마음, 떨어진 나뭇잎을 모으는 취미 같은 것은 쓸모 있는 행동인가 아닌가. 알고 보면 인류에게 가장 큰 쓸모를 안긴 것은 이런 쓸데없는 것에서 나왔다. 이 소설의 주인공들은 그러한 세상에 발붙이고 사는 10대들이며 차츰 자신들이 안전하다고 생각했던 것들에 대해 의문을 느끼게 된다.

세계관

서기 2071년, 과학 기술이 고도로 발달해 인간의 수명은 길어지지만, 아이는 잘 태어나지 않고 자연환경 파괴로 대륙 곳곳은 사막으로 변하거나 침수된다. 빈부의 차이가 극대화되면서 대도시는 이전과 다른 형태로 발달한다. 거주 지역을 중심으로 편성되던 도시는 사라지고 개인의 경제적 상황에 따라 원하는 도시를 선택해 그곳으로 편입한다. 한반도는 세 구역으로 나뉜다. 사람들이 가장 살고 싶어 하는 A-city, 중산층이 사는 노른시, 극빈층들이 모여 사는 떠돌이 구역이다. 떠돌이들은 사람들에게 비천한 취급을 받으며 폭력의 대상이 되거나 잠재적 범죄자로 분류된다. 표준화라는 프레임으로 들어가 살기를 거절하고 자발적으로 떠돌이가 된 사람들도 없지는 않았으나, 이들은 대개 개인으로 행동하고 움직여서 존재감이 미미하다.

A-city

백은 시장이 통제하는 고급스러운 사적 도시로 재산이 있고 품성을 갖추어야만 시민권을 획득할 자격이 생긴다. 심사를 통과한 뒤, 노르마칩인 〈Nell〉 시리즈를 사 몸에 장착해 중앙 서버와 연결되어야 A-city 시민으로 확정된다. 유능한 복제 인간들로 이루어진 최상의 보안 시스템이 A-city 시민의 재산을 보호하고 이들의 삶을 관리한다.

노른시

중산층이 모여 사는 도시다. A-city 시민보다 시민권이 저렴한 이유는 보안과 안전 때문이다. 노른시 시민 중에는 A-city의 일을 받아 집에서 하는 경우가 많은데, A-city와 노른시의 생활 차이를 없애기 위해 일부는 도시를 개인이 아닌 국가가 관리하고 소유해야 한다고 주장한다. 하지만 테러 집단이 전파 방해를 수단으로 공격해 오면 이 또한 공염불이 된다. 공격에 대응할 무기나 복제 인간을 소유한 것은 국가가 아니라 백은 시장처럼 거대 자본을 소유한 사적 집단이기 때문이다.

떠돌이 구역

옛 고흥반도와 진도, 거제도 등을 말한다. 대부분 침수되었지만 간신히 육지 일부가 유지된 섬들이며, 떠돌이들의 집단 거주지로 구획되었다. 국가의 힘이 미치지 않는 버려진 땅으로, 여기 사는 사람들은 스스로 생존을 유지해 나가야 한다. 노르마칩으로부터 자유롭지만 생활이 궁핍하다. 떠돌이 구역에는 전파 방해 이후 고물이 된 고철이 산더미처럼 쌓여 있는 쓰레기장이 있다. 모두 육지 사람들이 갖다 버린 것으로, 거대 문명의 무덤으로 불린다.

노르마칩

노르마칩은 이성과 감성의 범위를 패턴화한 것으로, 그것을 받아들여 머리에 삽입하면 시민으로 확정되고 시민권이 완성된다. 백은 시장은 전 인류를 노르마칩에 연결해 하나로 통합하고 관리하겠다는 야망을 품고 있다. 그 야망을 실현하려면 유능한 복제 인간이 필요하다. 이 소설의 주인공 한나는 최강의 복제 인간을 찍어내기 위해 선택된 표본 인간이다.

미래 사회 보안국

미래 사회의 유효한 테러 수단은 전파 방해다. 외부에서 전자파를 바이러스처럼 쏘아 온라인 시스템을 무력화시켜 기계를 쓰레기로 만든다. 보안국은 이러한 테러 집단에 대응하기 위해 만들어진 국가 기관이다. 국민의 안전을 위해서 더 광범위한 활동에도 뛰어든다.

미래 사회의 직장

미래 사회에서는 돈을 내고 시민권을 사는 체계가 계속된다. 하나의 도시는 하나의 계급처럼 인식된다. 사회가 공동체의 모습을 상실하고 개인 단위로 발달하여, 시민들은 집에서 일을 하고 집에서 놀고 홀로그램화 된 타인을 만난다. 노르마칩은 이들의 생각과 행동을 매개하고 관리하기 때문에 개성은 거추장스러운 것이 되어 버린다. 돈을 벌기 위해 직장을 갖고 싶다면 특정한 개인의 수습생이 되어 일을 배우며, 필요한 교양과 기술을 쌓아야 한다. 그런 활동이 미래 사회의 학교를 대신한다.

감옥

A-city나 노른시 시민 중 누군가 범죄를 저지르면 그의 몸은 서랍 같은 작은 공간에 누워 강제 수면 상태에 빠진다. 그의 의식은 홀로그램화 되고, 가상 공간에서 죗값을 대신하는 벌을 받게 된다.

그들이 온다
– 이해할 수 없는 존재와 함께 살아가기

작년에 수세미 모종을 심어 두 개를 수확했고, 그 씨앗을 받아 올해는 여덟 포기의 수세미를 키우는 중이다. 땡볕에 말라 죽는 일이 없도록 아침저녁으로 물을 주면서 정성을 다하고 있는데 보면 볼수록 신기해서 나도 모르게 자꾸 말을 걸게 된다. 가장 크게 드는 생각은 이 녀석들을 움직이게 하는 어떤 설계자가 있는 건 아닐까 하는 거다. 넝쿨이 뻗어 나가는 방향이나 넝쿨손이 다른 물체를 감는 움직임을 가만히 들여다보면 매우 조직적이고 지능적이란 생각이 든다. 열매는 안 맺고 뻗어 나가는 데만 정신을 파는 것 같아 "너도 밥값을 해야지?"라며 머리 부분을 잘라 냈더니 곧장 말귀가 통하면서 꽃이 피고 열매가 맺혔다. 뿌리를 내린 곳이 열악한 화분이라는 것까지 고려했나 보다. 한 포기에 열매 하나씩, 딱 여덟 개가 달렸다.

물론 화분 속 식물과 주고받는 말이 대화일 리는 없다. 물을 주고 열매 몇 개를 수확했다고 수세미 월드를 다 안다고 말할 수 있는 건 아니다. 그건 그냥 내 독백의 세계가 풍성해졌다는 것을 의미한다.

인류는 머지않아 새롭고 복잡한 상황에 직면할 거라고들 한다. 로봇이나 안드로이드 같은 기계 인간과 한 공간에서 살아가야 하기 때문이다. 이들이 수세미나 애완견 같은 수준이라면 몰라도 자율성을 지닌 주체라면 까다로운 문제가 생길 가능성이 크다. 인간끼리도 이토록 말이 안 통하는데 유능한 기계들과 의사소통을 나누려면 어떤 준비를 해야 하는 걸까.

겁먹기보다는 손님 맞을 채비부터 하는 수밖에 없다. 하다못해 말을 걸고 들어 주는 연습이라도. 무엇보다 이해가 안 가는 것들에 대한 태도를 잘 결정해야 한다. 이해할 수 있을 때까지 보고 또 보거나, 끝내 이해가 안 가더라도 존중하면서 함께 살아가겠다고 마음먹거나, 그도 아니면 친구에서 차단하고 무시해 버리거나. 지금까지 우리 어른들은 이해가 안 가면 때리기부터 했다는 사실을 참고로 말해 둘 필요는 있을 것 같다.

미디어가 발달한 시대에도 글쓰기를 계속하려면 작가들 또한 아는 사람들을 벗어나 모르는 사람들 속으로 들어가 보는 것 말고는 방법이 없다. 나의 자아가 불편해서 싫다고 발버둥 치면 강제로라도 던져 넣어야 지푸라기라도 건진다. 때로는 티브이에 나올 법한, 나 홀로 예능을 혼자 치르는 느낌이다. 다른 점이라면 카메라의 눈이 없는 곳에서는 따뜻하고 훈훈한 이야기를 발견하기 어렵다는 것. 어쨌거나 최근 여러 곳을 방랑하면서 얻어맞은 경험이 없었다면 이 소설은 여전히 기획 단계에 머물러 있을 것이다. 현장에서 생긴 유용한(!) 긴장감을 밀봉해 책상이라는 제단으로 고이 모셔 왔을 때 비로소 소설이라는 마차가 굴러가기 시작한다.

(그래도 아직은 잘 믿기지 않는다. 내가 SF소설을 썼다고? 정말?)

이 소설을 쓰기까지 많은 책과 영화를 참고했으나 꼭 밝혀 두어야 할 것은 다음과 같다. '내가 여기 있습니다.'(11쪽)라는 텔레파시와 '엄마의 엄마'(255쪽)라는 언어 분열, 그리고 '타자와 공감을 나누기 위해서는 타자의 표현을 기꺼이 받아들여야 한다.'(236-237쪽)라는 생각과 구절은 자크 데리다의 저서 《아듀 레비나스》(문학과지성사, 2016)와 《신앙과 지식/세기와 용서》(아카넷, 2016)을 참고하였다. '모든 공간에는 이웃이 있고 그 이웃은 또 다른 이웃과 연결된다.'(74쪽)는 신하경의 논문 〈이토 게이카쿠(伊藤計劃)와 '포스트휴먼'적 근미래〉(아시아문화연구 제41집, 2016)에 나오는 '항상 어딘가로 연결되어 있는 거기(neighbor)'라는 구절을 변용했다. '다른 생명체들을 잘 대접하

라. 누군가 보고 있을지도 모른다.'(19쪽)는《저 반짝이는 별들로부터》(그레그 베어 외 지음, 창비, 2009)를 참고하였으며, 본문 75쪽에 그림책을 읽는 부분은 박연철의 그림책《떼루떼루》(시공주니어, 2013)의 내용 일부를 사용하였다.

마지막으로 이 작품을 우수출판콘텐츠로 선정해 준 한국출판문화산업진흥원과 책의 출간을 직접 맡아 준 시공사에 깊은 감사의 인사를 전한다.

남상순

답을 찾아 떠나도록 기꺼이 돕는 이야기에 대하여
―《애니멀 메이킹》을 읽는 한 방법

　이야기의 힘은 무엇일까요? 저는 수수께끼라고 생각합니다. 이야기꾼은 우리에게 질문을 던집니다. 물론 그 이유는 우리가 답을 찾길 바라기 때문이지요. 정답은 있을 수도, 없을 수도 있습니다. 이야기꾼은 그런 것쯤 신경 쓰지 않습니다. 인생에 답이 없다는 것은 누구나 알고 있으니까요. 중요한 것은 과정입니다. 어째서 이런 질문이 나왔을까. 이 질문이 요구하는 것은 무엇이며 우리는 어떤 답을 찾아야 할까 고민하는 일, 그 자체 말입니다. 그러니까 이야기꾼은, 어쩌면 여기저기에 숨어 있는 질문들을 찾아내 그것을 우리에게 보이는 사람일 수도 있겠네요. 그조차 답을 모르면서 말이죠.

　저는 시를 쓰는 사람, 이른바 시인이라 불리는 사람입니다. 그리고 시 역시 이야기입니다.(여기서 깜짝 놀라는 사람도 있을 수 있겠군요. 그렇지만 시가 이야기라는 것은 분명한 사실입니다. 시에도 등장인물이 있고 공간이 있고 시간이 흐르며 하나의 사건을 만들죠.) 그러니 저도 이야기꾼 중 하나라고 말할 수 있겠습니다. 모든 이야기꾼이 그렇듯 저 역시 질문을 수색하는 사람이라 세상만사나 남이 하는 이야기에 관심이 많습니다. 다른 이들은 어디서 어떤 질문을 찾아내는지 궁금하거든요. '이 수수께끼의 답은 무엇일까?' 고민하기도 하죠. 물론 매번 이야기가 다 재미있는 것은 아닙니다. 더러 시시한 것도 있고 너무 어려워서 중도에 포기해 버리기도 하죠. 그러다 제 관심에 걸맞은 이야기(혹은 수수께끼)를 만나게 되면 얼씨구나 기뻐하며 이야기에 적극적으로 참여하게 됩니다. 흔히 '이야기에 빠져든다'고 말하는데 정말 딱 어울리는 표현이 아닐 수 없습니다.

일단 이야기에 '빠져들면' 우리는 다음을 궁금해하게 됩니다. 이다음, 그 다음다음은? 주인공은 어떻게 되는 거지? 그의 친구들은? 그들은 모두 행복해질까, 아니면 불행의 나락으로 추락하고 마는 걸까? 이야기에 완전히 몰입돼서 마침내 책을 덮을 때쯤, 분명 미묘한 감정의 변화를 겪습니다. 이것을 '카타르시스'라고 해요. 고대 그리스의 철학자 아리스토텔레스가 내린 정의로 정화, 즉 씻겨짐을 뜻합니다. 슬퍼지든 행복해지든 모종의 해소를 느낀다는 것이죠. 다시 말해 우리는 수수께끼를 통해 이야기에 참여하고 카타르시스를 통해 이야기 바깥으로 나온다는 말입니다. 여러분은 《애니멀 메이킹》을 어떻게 읽으셨나요? 제게 한스나 한나처럼 뛰어난 청력이 있다면 여러분이 내뱉는 감탄사나 중얼거리는 후기 들을 모두 들을 수 있을 텐데, 애석하게도 제겐 그런 능력이 없습니다. 그러니 추측해 볼 수밖에요. 이 책의 마지막 장을 덮었을 때의 제 감정에 기대어서 말이죠.

SF 소설은 읽기의 즐거움에 비해 쓰기에는 사실 정말 어려운 이야기 방식입니다. 아직 여기에 도래하지 않은 것들을 그려 내야 하기 때문입니다. 아주 잠깐 생각해 봐도 알 수 있습니다. 이미 지난 일들을 그려 내거나, 당장의 일들을 서술하는 것은 그리 어렵지 않죠. 우리가 보고 듣고 만져 본 것이니까요. 하지만 닥쳐오지 않은 시간에 사는 사람들이 어떤 옷을 입고 어떤 차를 타며 어떤 세상에 살고 있는지 설득력 있게 말하려면, 하나하나 놓치지 않고 생각해 봐야 모순 없이 한 편의 이야기를 만들 수 있습니다. 무엇보다 정말로 어려운 것은 그렇게 만들어진 세계에서 '벌어진' 일로 우리에게 수수께끼를 내야 한다는 사실입니다. 지금 우리의 삶에 대해 생각해 볼 일을 말이죠.

에두를 것 없이 곧장 시작해 봅시다. '애니멀 메이킹'이라는 것은 무엇일까요? 글쎄, 쉽지 않은 질문입니다. 이야기의 시작부터 되짚어야 하는 이유죠. 버려진 땅에서 비참하게 살다가 A-city에서 막 일자리를 구한 주인공 홍리는 애니멀 메이킹의 정체를 찾기 위해 수사를 하고 있습니다. 그는 보안국 요원이지만 정식 요원은 아닙니다. 애니멀 메이킹의 정체를 밝혀내는 데 기여해야 정식 요원이 될 수 있고, 그런 다음 엄마를 A-city 도시로 데려오겠다는 기대에 부풀어 있죠. 어느 날 홍리는 다음과 같은 음성인지, 신호인지 모를 메시지를 접하게 됩니다.

> 나예요. 내가 여기 있습니다.
>
> 타이밍을 노리고 기다린 것 같았다. 그렇게 믿어질 만큼 내 행동과 들려오는 그 목소리 사이에는 설명하기 어려운 긴장감이 간격을 메우고 있었다. 나는 자동차의 주행 경로가 카봇으로 변경되는 과정을 지켜본 다음 문을 열고 밖으로 나왔다. 파란 불빛이 깜빡이는 곳으로 다가갔다. 그것은 그 시각 움직이는 존재가 내는 유일하고도 괴상한 기척이었다. (11쪽)

이 기척은 한스라는 로봇이 발신한 것이죠. 고물인 주제에 똑똑하고 비밀도 많고 반항기도 있는 로봇 한스는 이 메시지가 애니멀 메이킹과 연관되어 있다는 단서를 흘립니다. 그리고 홍리와 그의 동료들은 한스로부터 '나나'라는 키워드를 얻게 되죠. 한스는 나나는 실존 인물이며 백은 시장이 지배하고 있는 A-city 지하 세계에 갇혀 있다고 주장합니다. 백은 시장은 말이 시장이지, 세상을 정복하려는 인물로 알려져 있죠. 백은 시장이 주도하는 프로젝트 NELL3를 체험할 수 있는 '애니멀 메이킹'은 과거의 자신을 다시 체험할 수 있는 기회를 제공하는 일종의 VR 체험 프로그램입니다. 그의 이론적 근거는 다음과 같습니다.

'표본 인간 연구 프로젝트'를 살펴보았다. 다 읽고 나니 신기하면서도 황당했다. 인간의 살에는 지구에 살았던 모든 생명체의 에너지가 압축되어 있다는 것을 어떻게 이런 식으로 해석했을까.
"이게 백은 시장의 관점이라고?"
"저는 그렇게 파악했습니다." (91쪽)

홍리는 나나를 찾는 동시에 백은 시장이 마침내 발표한 애니멀 메이킹에 접속하게 됩니다. 밝혀진 홍리의 과거에는 온통 물음표만 찍혀 있을 뿐입니다. 그리고 혼란스러워진 홍리 앞에 나타난 나나. 하지만 나나는 자신이 한나이며 백은 시장의 딸이라고 주장할 뿐입니다. 이 주장은 로봇 한스의 주장과 전면 배치되죠. 누구의 말이 사실이고, 진짜일까요. 작가는 이 사실에는 별 관심이 없는 것 같습니다. 끝없는 이야기 미궁으로 우리를 몰아

넣는 일에만 집중할 뿐입니다. 여러분은 이 이야기, 그러니까 수수께끼의 답을 찾았나요? 사실 저는 답보다는 다음 문장에 더 마음이 갑니다.

> 나는 누구인가. 나는, 나는……. (243쪽)

이 질문은 자신의 진짜 모습을 알기 위해 애니멀 메이킹에 접속한 한나의 무의식에 관찰자로 입장한 홍리의 머릿속에 떠오른 질문입니다. 한편 접속자인 한나는 다음과 같이 말합니다.

> "애를 쓰면 쓸수록 나는 점점 더 내가 아니게 되는구나."
>
> 나는 그 말을 알아들었다. 그건 한나 안의 다른 한나, 나나를 구하려고 애니멀 메이킹에 들어간 한나가 하는 말이었다. (243쪽)

두 대사는 사실 무척이나 해묵은 질문입니다. 인류가 동물들과 다름을 깨닫기 시작한 때부터 지속되어 왔으니까요. '나'와 '너'는 분명 다릅니다. 그 차이가 '나'라는 존재가 있다는 것을 증명하는 유일한 단서죠. 그렇다면 '나'란 무엇입니까. 자신 있게 대답할 수 있는 사람이 있을까요? 예를 들어 A라는 사람이 있습니다. 그는 자신이 살아 있는 존재이며, 개별적 자아라고 확신합니다. 여타의 사람들처럼요. 그런데 어느 날, 한 사람이 그의 앞에 나타나 네가 보고 있는 것은 모두 컴퓨터가 만들어 낸 환영이며, 사실 너는 컴퓨터에 에너지원으로 활용되고 있는 생명체라고 말해 줍니다. 너의 기억, 체험 들은 모두 가짜고 컴퓨터가 만들어 준 환상이라고요. 미치광이의 말일 수도 있겠죠. 하지만 그 말이 사실이라면 어떨까요. 눈치챘나요? 이것은 영화 〈매트릭스〉의 설정입니다. 그런데, 이것이 단지 영화의 설정이라고 치부할 수 있을까요? 정말정말 사실이라면요? 우리가 사실이라고 믿고 있는 것들은 대개 우리의 기억과 체험에 의존하고 있습니다. 어제 아침부터 있었던 일들이, 지금이 지속되고 있음을 증명하고 있지요. 그래서 기억이란 인간이 인간으로 존재하게 하는 중요한 수단이자 증거이지요. 하지만 기억은 사실에 기반하지 않습니다. 지난 시간은 왜곡되기도 하고, 거짓을 사실처럼 꾸며 내기도 하며, 때론 지워지기도 합니다. 과장해서 말하면, 기억은 신뢰할 수 있는 게 아닐 수도 있습니다. 그러니 나를 나답게, 나로 만들어 주는 근거가 될 수는 없습니다. 그렇다면 무엇이 나를 나라고 말할 수 있게 만들어 줄까요? 글쎄요. 저는 이 질문에 대답할 수 없을 듯합니다. 물론 모르기도 하거니와 각자의 생각은 다 다른 것이 아닐까요. 그리고 그 다름이 이 세계를 알차게 꾸려 갈 수 있게 만드는 원동력이 아닐까요.

《애니멀 메이킹》이 지닌 질문은 이 외에도 많습니다. 벗겨도 벗겨도 새 살을 드러내는 양파처럼 말이죠. 읽을 때마다 새로운 질문이 떠올라 괴로울 지경이니까요. 괴롭다고 했나요? 그럴 리가. 그렇지 않습니다. 오늘의 고민이 끝나면 내일의 고민이 시작되는 것처럼 우리 앞에는 정말 무수한 질문들이 태어나지 않던가요. 좋은 이야기란 읽는 이의 상황과 처지에 맞춰 그에 적절한 질문을 던져 더 깊이 생각하게 만드는 그런 게 아닐까요? 아마도 저는 말이죠, 이 기분 좋은 혼란의 소설을 때에 맞춰 다시 꺼내 들게 될 듯합니다. 질문을 통해 성장하고 싶거든요. 한 걸음, 한 발짝 조금씩, 때론 껑충껑충. 여러분도 그러하길 바랍니다. '도대체 나란 누구인가' 하는 완전히 쓸모 있는 고민 같은 것을 하면서 진일보하는 카타르시스를 느꼈으면 좋겠어요. 그때 이 소설이 여러분을 도와줄 거예요. "편지가 수신인에게 도착하려면 서로 거들어야"(182쪽) 하거든요.

유희경(시인 그리고 서점 주인)